五年後に

咲沢くれは

JN054433

双葉文庫

目次

五年後に

中学生たちはみなリュックサック型の制かばんを重そうに背負い、前のめりになっている。時間に追われ切羽詰まったように先を急ぐ足並みと、何人かで連れ立って、おもしろおかしく笑いながら歩いていく姿が入り交じる。「先生さよなら」という声の向こうで、高らかに仲間を呼ぶ声。

そんな生徒たちの姿を、安崎華《やすざきはな》は目で追う。

ピロティは毎日同じ場所で過ごす生徒たちの、背後にある事情が一気に噴き出るような空間だ。

「先生」

大阪弁のイントネーションは、同じ言葉を発しても、ずっと親しみを感じさせる。

華は声のほうを見た。すぐに女子生徒が駆け寄ってくる。

アシンメトリーな前髪の先が少し跳ねていて、平らな額《ひたい》と濃い眉毛が愛らしい子だった。彼女は小柄で、その周りにいるだれよりもかばんが重そうに見える。

「ねえ聞いて。うちな、岡澤《おかざわ》先生と今日な、ちょっと話してん」

二年生の女の子だった。昨年一年間、国語の授業だけ受け持っていた学年の子だ。奥二重の瞼《まぶた》の奥で、くっきりとした黒目がまっすぐ華をとらえている。そういえばこの子は以前にもそんな話をしていたなと思い出す。

彼女がいう「岡澤先生」とは、二学期になって、産前休暇に入った社会科の教師の代わりとして赴任した講師だ。岡澤悠《ゆう》。大学を卒業して半年ほどの若い男性だった。

華は女の子の顔をじっと見る。この子の名前はなんだったろうと思いつつ笑みを浮かべ、「よかったね」と相槌《あいづち》を打つ。

「うん」女の子の声は弾んでいた。

華は女の子の背後に目をやる。ピロティの向こう側に倉庫とゴミ庫が並んでいる。そのあいだのわずかな空間に、小さな野良猫が吸い込まれるように消えた。空間の先には細い道を隔てて消防署がある。隙間から見える消防署の灯《あか》りはいつも目にしているはずなのに、まるで初めて見たような気持ちになる。

「岡澤先生って、ちょっと発音がおかしくない？」

女の子はかばんを背負いなおす。倉庫に沿ったわずかな隙間は、彼女の体で見えなくなった。

「ねえ先生？」

「そうねえ」彼の口調を思い浮かべるが、中学生におかしいと言われるほどの特徴があるようには思えなかった。

「岡澤先生のことはなんでも気になるんやね」

女の子のつややつやとした頬が紅潮する。

思春期にありがちな、大人の恋への憧れだろうと思った。

「だって、うちな、告白、してみてん」

女の子の肩はとても薄かった。普通に考えればその関係を心配するのは杞憂《きゆう》だろう。それにもまして女の子はあどけない面立ちで、周りの中二の子と比べても幼い感じだった。ただその瞳が、あまりにも真剣に華をみつめている。

華は胸のうちで女の子の気持ちを辿《たど》ろうとするが、摑みかけたものが霞《かす》んでいく。まるで、落ちていく陽のなかで倉庫横の隙間に目を凝らすようなものだった。

「それで？」

「五年後に言うてくれたらうれしいのに、って言われてん」

「え？」

つややかな頬は相変わらず紅潮していて、かすかな笑みを浮かべている。その唇の曲線がやけに美しいことに軽い衝撃を受ける。そこには計算された、大人の女性の狡《ず》るさえ漂っているように見えたからだ。

五年後に——。

栃村柚香《とちむらゆずか》の凜《りん》とした姿がよぎった。透きとおるような白い肌と、細くて長い手足がいかにも儚《はかな》げだった少女は、今も自分の足で立ち上がることをしないまま、ひとところに留《とど》まっている。

「先生?」

女の子は目をぱちくりさせて、あっけらかんとしている。その表情には子どもっぽさが戻っていた。

時間の推移が気温差にあらわれる季節になっていた。ピロティを抜けていく弱い風が、先ほどよりもひんやりとしている。だが文化祭も無事に終わり、期末テストまで数週間を残した放課後は、緩んだ空気に包まれている。渡り廊下の向こうに広がるグラウンドに、部活動をしている生徒たちの姿が見える。

中学の裏側にある団地のほうから、「夕焼け小焼け」の曲が流れてくる。時間の経過よりも空が暮れていくほうが早い。藍色に変わりはじめた空に、夕陽の橙《だいだい》色がゆっくりと染み出ていく。まるで、一日が終わっていく淋《さび》しさをいっそう強く滲《にじ》ませているようだ。

「きれいな空ね」と思わず華は呟いてしまった。

女の子も空を見上げ、「ほんまや」と無邪気に言う。

正門前の国道を場違いな轟音《ごうおん》を立ててオートバイが二台すぎていく。隣の消防署から救急車がサイレンを鳴らして出動し、その直後に自転車のベルの音が聞こえた。

みんな違ったものに向かって動いているのに、華は自分だけが止まったままだと感じる。微妙な色が混ざりあう空は美しくて、見ていると、心の底に深く沈んでいる塊《かたまり》を溶かしてくれそうだ。それなのに、女の子の横顔がどうしてもあの子に重なって、ぎくりとする。

「もう、帰りなさい」

華はゆったりとした口調で言ったつもりだが、その声は思いのほか低くなった。女の子から目をそらす。早くこの場を去りなさいと告げたかったのは、女の子にではなく、おそらく自分自身に対してだった。

翌日は雨だった。二階の職員室前の廊下に、湿ったコンクリートの匂いが流れ込む。渡り廊下の向こうの校舎はすでに暗く、人の気配もなかった。階段を昇ってくる足音が聞こえた。必要以上にパタパタとさせて歩く音に、華は聞き覚えがあった。

近づいてくる足音を待つ。

「お疲れさまです」

姿をあらわしたのは予想したとおり岡澤だった。

前日に女子生徒が話していた岡澤の、イントネーションよりも足音のほうが気になる。

「ねえ、ちょっといいかな?」

岡澤は即座に笑顔になって「ええ」と返事をした。屈託のない笑みだった。

「何かありました？」

「最近、女の子に好きだとかなんとか言われた？」

「あ、それ」岡澤は、どうってことないんですよ、とさらに笑う。

「あの子、飄々《ひょうひょう》としてるけど、かなり本気なんやない？」

彼はそこで、少し考える顔つきになった。

今は平気な顔をしていても、そのうちに狂いだす。華にはそんな予感があった。きっとだれに伝えても理解はされないだろうが。

「多分、そんなことないと思いますよ」

案の定、岡澤は否定する。そして「ほら、あの年ごろ特有の」と、そこで口を噤《つぐ》む。その先の言葉が浮かばないようだ。

「でも、五年後に言うてくれたらうれしいって、言うたよね」

「まあ、それは」岡澤は苦笑いを浮かべるが、「でもきっと、五年も経ったらこんなこと、忘れてると思いますよ」と、悪びれる様子はまるでない。

——忘れない。何年経ってもそんなこと、忘れない。

「僕、なんていうか、たとえば教育実習のときもやし、塾でアルバイトしてるときもそうですけど、中学生の女の子にそういう対象で見られること多くて」

いかにも十代の女の子が魅力的に感じるような、やわらかい笑みだった。

「つまり、慣れてるの？」

「はい。あ、いや、モテるっていうのとはちょっと違いますよ。そんなに向こうも真剣やないっていうか」

「でもやっぱり期待するんやない？　私という人間がだめなんやなくて、五年経って、大人になった自分ならきっと受け入れてもらえる、って」

「でも、実際、そういうこともあるかもしれないやないですか」

「え？　岡澤先生のほうも恋愛対象ってこと？」

「いや、まさか。今はそんなことはないですよ。でも、五年ですよ」

岡澤は、ははは、と笑って「中学生にとってはすごく長いやないですか」と言う。

知っている。彼らにとってここで過ごす三年間さえ、一生のように感じられるほど長いはずだ。

「五年後にはきっと、もう忘れてる？」

「ええ。大人の恋愛のまねごとみたいなもんですからね」

岡澤は確信しているように頷《うなず》く。

「そうやないと、僕はモテすぎてしかたがないでしょう」と言って、また笑った。

どうやら彼は冗談を言ったようだが、ふと、あの人もこの程度の軽さだったのだろうかと考える。みんなそうなのだろうか。男はみな、こんなふうに女の子の気持ちを軽く受け止めて、そして流してしまうものなのだろうか。

「五年後にはそうかもしれないけど、今はどうなんやろう」

「今?」

岡澤のその声が、いやに廊下に響いた。

「そんなこと言われたら、女はきっと、期待してしまうんやないかな」

自分がそうだったように。華は自嘲気味に嗤《わら》う。

「私が夫と結婚するきっかけになったのもね、夫が言ったそんなひとことやった」

当時の啓吾《けいご》の横顔を、華は今でも鮮明に思い浮かべることができる。

華はまだ二十一歳で、飲酒や喫煙が公に認められる年齢になってから一年がすぎても、男を受け入れる柔軟さは乏しかった。性的な経験はまだなく、男は、なぜか自分よりももっと強くて、そしてずっと大人なのだと頑《かたく》なに信じていたのだと思う。

その認識が変わったのは、あの暴風雨が吹き荒れた夜だった。

華を待つ啓吾の横顔は、自分の前でいつも見せていた大人の顔とはまるで違っていた。落ちあってから少し歩き、雨のなかで前を行く彼を見上げた。彼の後頭部はまるで十代の、たとえば教育実習先の中学で実際に接していた少年たちのそれとあまり変わらなくて、ほらこんなに近い場所に啓吾はいるではないかと、華には思えたのだった。

「結局、私は五年も待たれへんかったけどね」

岡澤は探るように華を見て、目を細めた。

中学生の他愛《たわい》もない告白めいた言葉には慣れているかもしれないが、三十半ばが近くなった子持ちの女の夫とのなれそめなどは、じっくりと聞いた経験もないだろう。以前、彼女なんて何年もいないですよと、職員室の雑談のなかで彼が言っていたことを思い出す。

「ああ、ごめんね。深い意味はないの。ただ夫と出会ったとき、すぐには結婚も、恋愛すらもできひんで、五年くらい経てば自由に会えるはずやって、あの人は何気なく言うたんやと思う」

言ってしまってから、言葉の選び方を間違えたような気分になる。だって普通に考えれば、それは不倫だ。五年も経てばちゃんと妻と別れるから、とかそういう。けれど華は続けた。

「五年後に言うてくれたらうれしい。そう言うたときの気持ちは、そのほとんどはきっと嘘やなかったと思う。でも、やっぱり何気なく口をついて出た言葉なんかなって、今は思えて」

「ええ」

何気なく、と華はもう一度くりかえす。

自分はこの「何気なく」が怖いのだと伝えたかったのかもしれない、と思う。

「だけど先生は結婚されたわけですよね」

「ええ、そういうことになるけど」

「ほんなら、やっぱり違いますよ」

岡澤はまた笑みを浮かべた。ほっとした感じではなくて、自分自身で確かめているように見える。

「違うの」

「ええ、だから、先生とご主人の場合とは違いますよ。全然」

「そうやなくて」

五年後でも三年後でも変わらない。いや、それがもし十年後と言われたとしても。なぜなら、いつまで待てばいいのだという疑問よりも、ああこの人は私のこと本気なんだ、という言葉に変換されるからだ。今すぐでなくてもかまわない。だって五年経ってもきっと君のことが好きだよと、啓吾はそう言っているのだと思ったし、華もそう信じたかったのだ。

あのとき二十一歳だった自分と、中学生の少女との感性にどれほどの開きがあるだろう。

だが目の前の岡澤はもうすべてが解決してしまったかのように、いや、最初から何事もなかったかのように職員室へと向かいはじめた。さっきまで冷静に話していた彼の、どこか撥《は》ねたように歩く後ろ姿が子どもみたいだった。啓吾もそうだったように、つまり男とは、そういう少年のままのあどけなさと残酷さをあわせ持っているものなのかもしれない。

そしてまた、栃村柚香のあざとい笑みが浮かんだ。

いつも利用している阪神電車のホームに立つ。道を歩いているときよりもずっと強い風と冷たい空気にさらされる。こういう季節にホームで何分も過ごすのは嫌だから、たいていは時刻表を確認してから学校を出るようにしている。ところが時刻表通りに電車は来ない。

スマホで運行情報を調べているあいだに、事故のために電車が遅れているとアナウンスがあった。そのうち向かい側のホームに電車が滑り込む。風はいっそう強くなる。電車の窓に灯るいくつもの白い光が、よけいに空気を冷たく感じさせた。

電車のシートはほとんど埋まったままだ。華が利用しているこの路線は、乗客がそう多くはなかった。だが、「ミナミ」と呼ばれる繁華街にある駅まで延伸したことで、利用客が年々増えている。電車のなかにぽつぽつと立っている人の姿が見える。やがて電車がゆっくりと動きはじめた。二駅行けば尼崎《あまがさき》だ。大阪市の西の端のこの街よりも、ずっと賑やかで乗降客も多い。

華は電車を待ちながらスマホで検索して、あるブログを開いた。洋菓子店のチョコレートのつめあわせの写真がアップされていた。チョコレートは平べったい円形で、表面にはその季節に因《ちな》んだ絵が描かれていた。来月はクリスマスだから、サンタクロースやクリスマスリースなどの洒落《しやれ》た図柄になっていて、それらは一枚一枚違っていた。味もブラックやホワイト、ストロベリーとさまざまで、そのひと箱で実にいろいろなチョコレートを楽しめるようになっている。

写真には「今も人気のある洋菓子店。想い出はどこまでも甘く」という文章が添えられていた。「思」ではなく、わざわざ「想」という文字をつかって綴られている。ブログは栃村柚香のものだった。華には、それが自分を挑発しているように感じられる。

ホームの電光掲示板を見ると次の電車はすでに尼崎を出ている。華はブログを閉じた。あと五分もしないうちに電車は到着しそうだ。爪先が冷たくて、エンジニアブーツのなかですっかり固まっている。最近体の冷えが気になる。柚香が突きつけてくる現実から逃れるように、華は思う。早く帰って尚弥《なおや》を抱きしめたい。

息子は今年六歳になる。もっと幼かったころは無条件に華の胸に飛び込んできたが、最近、様子が変わってきた。それも成長のひとつのあらわれなのだ。うれしいことでもあるが、そのうちに手が離れるときがくることを想像すると、少し淋しい。そんなときは、自分の指の隙間から滑っていく啓吾のやわらかな髪を思い出す。それは意外にも冷たい感触だった。

尚弥は育つほどに啓吾に似てきている。とりわけその髪質は啓吾そのものだった。

やがてホームに電車が近づいてきて、ヘッドライトの眩しい光に一瞬目をあけていられなくなる。

ドアが開く。なまあたたかい空気が顔の前に広がり、案外とたくさんの人が降りてきた。華が電車に乗っているのはここからたった八分だ。この時期だと、その八分で体は先ほどまでの冷たさを忘れる。けれどこの日は足先が縮こまるほど冷え切っていた。

華はドアから奥のシートに腰を下ろした。窓の外にホームを行く人たちの姿があった。家路に向かうその足取りが軽く見える。乗客たちが置き去った一日の疲れを呑み込んで、電車のなかの空気が滞留しているように感じられた。ホームを歩いていく幾人もの背中を目で追いながら、ふと、自分は幸せなのかと問う。

子育てに実家の両親は協力的だった。定年を迎える少し前に父は胃潰瘍《いかいよう》を患って入院した。それを機に長年勤めた会社を早期退職したのだが、今は知人が経営する駐車場でアルバイト程度に働いている。時間の自由が利くのか、よく尚弥の保育園に迎えにいってくれたりもする。母は母で、料理を作ることを厭《いと》わず夕飯まで用意して、尚弥に食べさせてくれる。

いっそ実家で両親と一緒に住んだほうがいいのかなと思う。だが、そうすれば尚弥のことも家事も、すべて任せることになってしまう。いくら仕事を持っているからといってこれ以上は甘えられない。なぜなら啓吾と結婚したのも尚弥を産んだのも、全部自分の責任だから。

そこまで考えると華は、ふっ、と息が漏れる。幸せなはずなのにそれを素直に認められず、責任という言葉まで持ちだす。こんなことを自分に問い続けて、いったいだれに何をわかってほしいというのか。

「ママ」

幼い女の子の声が聞こえた。向かい側の席に母子が座っている。女の子はピンク色のランドセルを背負っていた。

「なあに？」

眠りに落ちかけていたのか、母親のほうは目を擦《こす》りながら女の子に応えている。

「どこまで行くの？」

どうやら今電車に揺られているのは、この母子の日常とは違うようだ。母親は表情に疲れが滲んでいる。あともう少しねと囁きながら女の子の膝に手を置いて、ぽんぽんと軽く叩くしぐさはどこか説得しているようにも見えた。

女の子がふうんと答えると、母親はまた瞼を閉じた。その体がわずかに傾く。密着していたはずの女の子の体とのあいだに、ほんの少し隙間ができる。

女の子は退屈そうに唇を尖らせ、瞳だけをきょろきょろと動かしている。そんな様子を見ていると、女の子と目があった。華が微笑《ほほえ》むと、女の子は恥ずかしそうに体をくねらせ母親を見上げる。だが母親が眠ったままだと気づいてまた華を見ると、にっこりと笑った。

愛らしくて、男の子とは違ったふわふわとしたやわらかさを感じる。

華は尚弥の寝顔を思い出す。

目をあけているときよりも、寝顔のほうがますます啓吾に似てきたと思う。ぬくもりが、じわりと華の胸のなかに広がった。


日曜日は晴れていた。十一月の終わりにしては気温の高い日だった。真っ青な空に雲が浮かんでいる。わたあめを無理矢理ちぎったような雲のきれはしが、空の澄みきった青色をいっそう際立たせているようだった。

駅を出てからすでに十五分ほど歩いていた。バスをつかってもよかったが、待ち時間を考えると歩いてもさほど変わらない。華の額にうっすらと汗が滲む。霊園は山を切り崩した場所に造られていた。斜面を登り、入口が見えたころには息があがっていた。

線香の煙が漂う。ひとりで訪れたらしい中年の女性や夫婦だと思われる年配の男女、そして若い男性。似たような墓石が並んでいる単調な光景のなかに、何人もの先客の姿があった。どれも同じに見える墓石を、刻まれている文字で識別していく。家々の表札よりももっと個性がなくて、たましいというものがもし見えたら、やっぱりそこにも個性は見て取れないのだろうと思う。けれどここにやってくる人はみな違う。みな、それぞれの人生のなかで違った役割を演じている。演じるその舞台も重なりあうことはほとんどない。それでも出会ってしまうことがある。

駅前で買ってきた竜胆《りんどう》と深い紅色の小菊を抱え上げる。花々の濃い色彩にはっとする。そして華はわれに返る。秋の深まりはこんなところでも感じられるのだなと思う。

尚弥は実家に預けてきていた。今日はひとりでここまで来たかったからだ。

さらに歩いて、華はやっと目的の墓石の前に立つ。啓吾が眠る場所だった。その向こうには山裾に広がる街が見える。こうしてここに立つと、啓吾と出会ってしまった人生を恨んでいるような気もするし、それでもこうするほかなかったような気もする。自分でもよくわからなくなる。

華はそこから一番近い水汲み場に行き、備えつけのいくつもある手桶《ておけ》のなかから、ひとつを取って水を満たし、柄杓《ひしゃく》をなかに入れて墓石に戻る。

まず墓石の周りに生えている草を抜くことから取りかかる。前回、訪れてから二か月とすぎていないのに、雑草は、死に人《びと》を眠らせるこの場所で驚くほどの生命力を漲《みなぎ》らせている。

無心になって草を抜き、ある程度すっきりしたところで墓石に水をかけ、タオルで拭き取る。いつもの手順だ。そうしてすべてのことをやり尽くすと、花を供えロウソクに火を灯し、その火を線香に移す。煙がゆっくりと天に向かって伸びていく。華は手をあわせ、瞼を閉じた。

何も心配することはない。

息をゆっくり吐く。おそれることはないと言いきかせる。自分は幸せなのだから、と。それなのに何かに駆り立てられるように祈る。尚弥が無事に健やかに育ちますように、と。それでは足りなくて、尚弥が、尚弥が、と小さな声で何度もくりかえした。

その店はまだ細々と営業していた。開店して二十年は経つであろうカフェだ。梅田《うめだ》の繁華街から少し北側の、メインストリートから一本それた狭い道沿いにあった。その店を囲む街並みは、華がまだ独身で啓吾とつきあっていたころとはずいぶんと変わり、賑わっていた。最近ではこの店以外にもカフェとよばれる類の店が増え、サンドイッチのようなパン類のセットが、今も人気があるようだ。

華も昔、この店に来てはそういうものを頼んでいた。正直、そういった食事では物足りないと感じていた。だが啓吾の前では、食欲を満たすことよりも少しだけ洒落たメニユーが必要だったのだ。

重厚な木製のテーブルと椅子。そして石造りの壁。深いグレーのアイアンと木を組み合わせた本棚。そこに並んだ本。

そういうこだわりを見せる店だった。

案内された窓際のテーブル席に座ってカフェオレを注文すると、B5サイズの手帳を出した。今年のものではない。

そこには華の過去が字面となって折り重なっている。手帳のページを繰る。そう、これは啓吾と出会った年のものだった。

左側のページには一週間分の予定が書き込める。そして右側はフリースペースになっている。書き込みきれないこまかな予定と、実際にあった出来事やそのときのちょっとした感想までが綴られ、こがれる想いや浮き立つような気持ちが溢れていた。

十二年前のものだった。

啓吾に初めて想いをぶつけた台風の夜、彼は目を伏せて「五年後に言ってくれたらもっとうれしいのに」と呟いた。鮮明に憶えているその言葉は、手帳のその日のページにも綴られている。もっとうれしい——。つまり今でも十分にうれしいのだと、世間知らずだった自分は甘い感情のなかに溺れていった。

「お久しぶりですね」

マスターが自らカフェオレを運んできて、言った。

「お変わり、ないようですね」

華はそう応じて微笑んだが、かつて啓吾とここで待ち合わせていたころマスターだった男はすでに他界している。彼はその息子で、二代目だった。

「父がやっていたころはよく来てくださっていたとかで、あとになって父から聞きました。お元気でしたか?」

「ええ。息子ももう六歳になるんです」

「そうでしたか。あれからもう六年か」

華は尚弥がまだお腹のなかにいたころ、この店を訪れていた。

「だけどそんなふうには見えないですね」

あのころ、自分はきっと今よりも疲れた表情をしていたのかもしれない。

「なんだか強くなられたようです」そう言ってからマスターは慌てて、すみません、と言った。「強くっていうのも変ですよね。お若くなられたというか。いえ、前からずっとお若い感じなのですが」と、心地よく響く低い声でしどろもどろに言うのが少しおかしかった。

華は苦笑いを浮かべ、ありがとうと小さく言った。それから視線をゆっくりと移す。壁際の本棚に並べられた本は、ずいぶんと年季が入っているように見える。ずっとあの場所で、この店を訪れたたくさんの人の穏やかな時間を見守ってきたのだろう、とそんなことを思う。

マスターがカウンターのなかに戻っていくと、華はカフェオレをひとくち啜《すす》って、また手帳に目を落とす。

啓吾と会うたびにうれしくて舞い上がった。いいところを見せたくて緊張した。啓吾の言葉に心が跳ねるように反応していた。それが体を重ねるごとに、心躍らせていた会話は日常になっていった。ちょうど体温がなじんでいくのと似ていた。

たとえば啓吾は「僕は小説の可能性をもっとあの子たちに伝えたいんだ」と語った。華は、小説の可能性、と胸のうちでくりかえした。何か新しいものをみつけたような気持ちになって、胸がふるえた。だが、いつしかそれは華自身の思いと重なった。

啓吾と出会ったのは華が大学四回生のとき、教育実習で訪れた母校の中学だった。彼は華が教員免許の取得を目指していた国語科を担当していて、華の指導教諭として教科以外の仕事も教えてくれた。

啓吾のあとについて彼が受け持つクラスに足を運び、教師の日常を体験する。自分が言葉を発するたびに、生徒から予想もしなかったような反応が返ってくる。華にとってはたった三週間のことだから、少しくらいかちんとくるようなことがあったとしても、笑って受け流すこともできる。というより、それ以外にどうすればいいのかわからなかった。だが、こんなことがずっと続くのかと思うと気が滅入《めい》りそうにもなった。

実習最後の日、携わってくれた教師と、華を含む三人の実習生とで打ち上げと称した呑み会があった。そのなかで華は、気が滅入りそうになることがあるのだと正直に啓吾に漏らした。

「全部、想定内だよ」

啓吾は穏やかに笑った。華は、自分に教師としての資質がないことを「想定内」と言われたのかと感じ、思わず彼から目をそらしてしまった。すると啓吾は「中学生の言動がね」とつけたした。

「国語の教師のくせに、言葉が足りなくてごめんね」

華はどこか見透かされていたようで、自分が恥ずかしくなった。同時に関西弁と微妙に違う啓吾の口調が、不思議と心地良く感じられた。

「主語を正しくとらえてとか、普段偉そうに言ってるくせに、日常の会話がこんなんではよくないよね」

啓吾は言葉を重ねていき、華に考える隙を与えない。それが彼の優しさだと気づいたのは、ずっとあと——初めて彼の寝顔を見た日だった。

実習は六月だった。華は七月にあった教員採用試験の一次試験に合格した。その報告を兼ねて母校に勤める啓吾にもう一度会いに行った。啓吾も、周りの教師たちも合格を喜んでくれたが、華には教壇に立つ自信はなかった。本当に教師という仕事をやっていけるのだろうか。自分自身にいくら問いかけても、その答えはいつもぼんやりとしていた。

そのことを啓吾にだけ伝えた。

大学はもう夏休みに入っていた。一次の合格通知から十日ほどあとに二次の筆記試験があった。一次は合格するかもしれないと思えるだけの手応えはあったから、合格通知を受け取る前から二次試験に向けての準備を始めていた。

仕事としてやっていく自信はなくても、目の前の試験は乗り越えていきたい。生真面目なのかただ負けず嫌いなのか、その両方だったと思う。きっと啓吾に対していいところを見せたいという思いもあったのだろう。

試験科目は国語科だけ。集中すればなんとかなると思っていた。だが過去問題集をやればやるほどその難しさを感じ、だから夏休みに入ったといっても、勉強以外のことをする余裕はほとんどなかった。

実際に啓吾とふたりで会うようになったのは、二次の筆記試験が終わってからだ。

「私、本当は人前に立ってみんなをまとめるとか、何かに向かって全員を先導するとか、そういうことにはあんまり自信がないんです」

華は自分の奥底にある言葉を注意深く引っぱり出し、ひとつひとつを丁寧に組み合わせるようにして言った。

「そんなに自分が完璧な人間だとは思えないから。でも、じゃあなんで教師を目指すのかって言われると難しいんですけど、たとえば私みたいに自信が持てない子がいたとして、そういう子に寄り添うのもいいかもしれないって思ったのがきっかけで」

それまでだれにも話せなかった思いを、啓吾にはなぜか憚《はばか》ることなく話していた。

啓吾はいつだって目を細めて、華を包み込むようにみつめていた。いや、少なくとも華にはそう思えた。これまでに出会っただれよりも自分は、この人にとって特別なのだという感情が、胸の底のほうで知らず知らずのうちに芽生えていたのだろう。

「僕も自信なんて全然なかったよ」と彼は笑みを浮かべ、「でもときどき考えてたんだ」と言葉を紡いでいく。啓吾の声は華の耳に優しく届き、胸に落ちていく。

それから彼はたくさん話してくれた。

たとえば中学生のころ、いやもっと幼いころかもしれないが、あのとき、もっとこうしておけばよかったなと思うこと、あるよね。人間なんて、現状にも過去にも満足も納得もせずに生きていくものなのだろうが、でも中学生よりもちょっぴり大人になった自分には、まだ未来を知らない彼らに伝えられることもあるだろう。あのときもっとこうしておけばよかったのにと、過去の自分を責める言葉をアドバイスに変えて伝えるっていうのかな。

とそんなことを。

そして啓吾は言った。

「もしかしたら、それがだれかの未来を創ることになるかもしれない」

ああ、この人が、言葉にしきれなかった私の思考の欠片《かけら》を拾って、再現していく、と華は思った。

「僕は教師という仕事をそんなふうにとらえたんだ。実際にやってみると、そんなかっこいいことばかりじゃないんだけどね」

表現こそ違えど、それから何度も啓吾は自分の言葉で語ってくれた。そのすべてが当時の華にはいつだって心地よく耳に、心に沁み込んでいった。

それでも不安は次々とあらわれてくる。

人前でうまく話せるのだろうか。実習のときの授業だってどうにかこなせたのは、そこに至るまで膨大な時間をかけて準備をしたからだ。あんなことを何年も、何十年もやっていけるのだろうか。

結局そういう考えにぶつかって俯《うつむ》いてしまう。そんな華を啓吾が覗き込んでくる。

「大丈夫だよ」

華が見上げると、啓吾が頷く。そうすると頭をもたげていた不安は、それ以上深く掘り下げることなく消えてゆくのだった。

さすがは国語科の教師だが、だがそれにしても饒舌《じょうぜつ》に啓吾が語っていたのは、つまらないことを華に考えさせないためだったのだ。

誠実で優しくて、まっすぐに夢を現実にしていく。啓吾はそういう男だったはずだが、ただ一点だけ曇りがあった。彼には以前からつきあっている恋人がいたのだ。その恋人とは実際に華とつきあうようになったあともしばらく続いていた。

その日、予想に反して早くに近畿に上陸した台風のせいで空は荒れていた。ふたりで会うようになって何度目かの夜だった。以前から約束をしていた。携帯で確認しあうこともせず約束した場所で落ちあった。そこには啓吾のほうが先に来ていて、いつも堂々としていた彼とはまるで違って見える横顔があった。

今でも鮮明に思い出すことができる、十二年前の彼の横顔――。

華が近づくと「来ないかと思った」と力のない笑みを浮かべた。

それからふたりで少し歩いた。華が持っていた傘は骨が折れてしまった。しかたなく啓吾の傘にふたりで入った。肩もかばんも足もともすっかり濡れていたが、胸ばかりが熱く焦《じ》れていくのを感じていた。

自分のなかにどんどん膨らんでいく想いを抑えることができなくなっていた。吹き荒れる雨と風の音を聞きながら、華は心のなかから押し出すように、想いを打ち明けた。

「どうしよう。きっと私、先生のこと、好きになりかけています。いえ、もう好きになっていて引き返せないところまできていると思います」

よくも大胆にそんなことが言えたものだと、今でも思う。全身が熱くなったことを覚えている。だがそのとき、啓吾は静かに呟いたのだ。

「五年後に言ってくれたらもっとうれしいのに」

ああ五年待ってもかまわない。五年経っても、この人への気持ちは変わらない。この先何年経っても変わらない。そう思う一方で、華の心は体がふるえそうになるほど啓吾を強く求めた。

「おつきあいされてる方がいるからですよね？　それとも私はまだまだ子どもですか？」

彼はどこかすがるような目で、華をみつめた。

「私、二番目でも全然かまいません」

一瞬だけ彼の瞳に浮かんだ、乞うような色を、垣間見えた弱さを、華は見逃さなかった。強い思いが閃光《せんこう》のように体のなかを走った。その思いは言葉にするなら、この人と一緒にいたい、この人が抱える孤独をすべて覆い尽くしてしまいたい、ということだろうとあとになって思うが、そのときの華には、はっきりと言葉にできるものではなかった。

その直後、雨が強くなった。

啓吾は黙ったまま華を抱きしめたのだ。傘はどこかへ飛んでいってしまったが気にならなかった。饒舌だと思っていた啓吾は、このとき華の言葉には決して言葉で応えなかった。

抱きしめられたことがすべてだと華は思った。

そのあと華と啓吾はホテルの一室で肌を重ねた。雨に打たれて華の全身も、彼の指も足も唇もすっかり冷たくなっていた。ふんわりとした布団のなかで体にやっとぬくもりが戻ってきたころ、啓吾は眠りに落ちた。それが、華が初めて見た彼の寝顔だった。

社会に出れば必要な鎧《よろい》を、彼もまた身にまとっていたのだと痛切に思った。そんな人が、たまたまかかわりを持っただけの華のことを必死で受け止め、胸のうちにある不安や濁りもまるごととかしてくれた。

そのときの華にはそれで十分だと感じられた。

啓吾の向こう側にいる女——そのだれかよりも自分は特別な存在だし、啓吾のことも深く知っている。それが恋人ではなく妻だったら、自分たちはそういう関係にはならなかっただろうか。いや、やっぱり自分は啓吾に惹《ひ》かれ、そしてまた彼も自分を愛し、結婚していただろう。仮に結婚はしなかったとしても尚弥を授かっていたのではないかと思う。

それなのに――。

意識は手帳とは別の年に飛んでいく。

「五年後に」と言った啓吾の言葉を、華は栃村柚香の口から聞かされたとき、自分が大事に積み上げてきたものを壊されていくような恐怖を味わった。

彼女のどこまでも白い、透きとおった肌と、啓吾と出会ったころの自分よりもずっと世間知らずな瞳を、今でも忘れることはできない。

またカフェオレを啜る。

啓吾に恋人がいることを知りながら突き進んだ。残酷で自分勝手で、そのくせ柚香を赦《ゆる》せていない自分。本当は幸せになっていいはずはないのに、守りたいと願ってしまう。尚弥がいるから。尚弥が大切だからと、何度も自分に言い訳をする。

カフェオレはすっかり冷めていた。

最寄りの駅から自宅までの道を歩く。車が途切れなく走っていく。そのまま行けば道路は大阪城へと続く。忌まわしい過去がつきまとう場所だった。

実家に尚弥を迎えにいく前にいったん自宅に戻ることにした。この日、さんざん浸った過去の思い出をリセットするためだった。

トラックがすぐ横をすぎる。華のなかに急ブレーキの音が蘇《よみがえ》り、トラックが走り去る音が轟音に変わる。すると途端に目の前の景色から色がなくなる。こんな思いをしても住まいを変えないのは、引っ越しに伴うさまざまなことが面倒だということもあったのだが、忌まわしい過去と引き換えに手に入れたものがあるのだという優越感で、心を満たしていたいからだ。

あの日、ひとりの少女がこの道路に飛び出した。

それが栃村柚香だ。彼女は当時、中学二年生だった。

その一か月ほど前に無言電話があった。二週間もすると、数秒の沈黙のあと、「先生は？」と訊かれた。華は無言で切った。そんな電話は一度限りではなかった。そして何度目かに、「先生はまだ帰ってきていないでしょ」という言葉を聞いた。さっきまで私と一緒だったのと暗に言っているようだった。

華はそのことをずっと啓吾には話さずにいた。彼を信じていたからというより、中学生の妄想として流してしまおうと考えることで、ぎりぎり自分を保っていたのだろう。

そしてついに啓吾がいる日曜日に電話がかかってきた。感情を押し殺したような声で「先生を早くその家から解放して」と言われたときには華はもう限界で、どうすればこんなに女の子の気持ちを狂わせることができるのかしらと、啓吾に向かって毒づいてしまった。

思い込みの激しい女の子だった。だが啓吾にも非がないわけではない。教師ならそういう特性を持った、思春期の異性の生徒の扱いに気をつけるのが当然だ。だが華が思ったのは、教職の立場でどうこうということではない。

啓吾のなかにある曇りを知っていたからだ。見ないふりをするのも、もう耐えられなかった。

啓吾は何も語らなかった。

「もしかして何かあった？」まさかと思いながら吐きだした華の言葉を彼は否定せず、ただ目を伏せた。

柚香が訪ねてきたのは、その一週間後の日曜日だった。

「先生は私に言うたんよ。もう少し待ってくれって。でもやっぱり待つのもどうかと思った。だってそうやって奥さんを騙《だま》してるのって、やっぱり違うでしょ」

どこでどう調べたのか、啓吾と華が住むマンションまでやってきて、柚香が言ったのだ。

「それどういうこと？」

「つまり離婚するってことでしょう？　だってはっきり言うたんよ。五年後に言ってくれたらもっとうれしいのにって」

「五年後に？」

耳を疑った。

柚香はその年、啓吾が受け持っている学年の生徒だった。彼女の担任ではなかったが、国語が難しいと言ってきた柚香にいろいろとアドバイスをしていたのだそうだ。

柚香は学業においてはとても優秀な子だったそうだ。だからほうっておけなかったのだと思う。自分のクラスではない生徒に対しても、啓吾は分け隔てなく情熱を注いだ。それだけのことだ。

だが柚香のほうは違った。担任でもない先生が自分に熱心に教えてくれる。つまり自分は彼にとってとても特別なのだ、と――。

きちんと折り目がプレスされたスカートと、濃紺のブレザー、その下のシャツの白い襟。彼女の制服はとても清潔で、いかにも賢そうな凜とした印象を受けた。きっと周りの生徒よりも頭ひとつぶん大人びた子だったのだろう。それでいて華奢《きやしや》で儚くて、女の自分から見ても、頼られるとほうっておけないような危うさを感じさせる。簡単には言いあらわせない魅力を持った子だった。

肩の下まで伸ばしたストレートの黒髪からは、シャンプーのいい匂いがしていた。

相手は中学生なのに、自分の生活が足もとから崩れていくような恐怖が、華の背中を這《は》いあがってくるようだった。

一番好きになった人とやっと結婚できたのに。

そんな言葉ばかりが胸のうちに積もっていく。

頭の芯が熱くなっていく華とは逆に、啓吾は顔色ひとつ変えず、冷たく言い放った。

「ここは君の来るところじゃないよ」

その言葉を柚香がどうとらえたのかはわからない。絶望という感情は、彼女のそのときの表情からは読み取れなかったからだ。

彼女はパニックを起こして走り去っていった。計算通りに事が運ばないとパニックを起こす。彼女にそういう一面があることを啓吾は知っていたのだろう。走り去る柚香を啓吾は即座に追いかけた。華もそのあとを追った。

華たちが住む八階から柚香は階段を駆け下りた。啓吾も同じように階段を下りていった。華だけがエレベーターに乗り込んだ。ひとりになると、なぜ彼はああも冷たく言い放つことができたのだろうかと思った。

賢くて美しくて儚くて、そして人一倍思い込みが激しい少女。そんなことには多分ずっと以前に気づいていただろう。うまくかわすことはできなかったのだろうか。パニックを起こされると困るからだろうか。でもじゃあなぜ五年後になんて、そんなこと言ったの。なぜ五年後にと、最後はそればかりをぶつぶつとくりかえしていた。そのとき一瞬だけ、下腹の奥に鈍い痛みを覚えた。

一階についたときにはもう柚香はマンションの外にいて、道路を覗き込むように立っていた。

そのすぐ後ろで、柚香の手を引っぱって啓吾が立っていた。

「五年後ってどういうことよ！」

華は自分が言ったのかと思った。だがそれは柚香の声だった。少女の叫びを上書きするように、間断なく走る車の音が近づいては遠ざかり、また近づく。

「悪かったよ。五年経てばきっと柚香には新しい彼氏もいて、もう僕は過去の人間になると思ったんだ」

華はそんな啓吾の言い訳を聞きながら、頭の芯を焼いた熱と一緒に頬が冷えていくのを感じていた。

「その人のほうが、私より、大事？」

ゆっくりと言葉を切りながら言って微笑んだ柚香の、美しい唇の曲線――自信に満ち溢れ、冷徹さを帯びていて、でも無垢にさえ感じられた不可思議な笑みを、華は今でも思い出すことができる。

「私はね……私はただ先生を解放してあげたいの。先生を縛りつけているつまらない世界から。それは、私だけができることなんよ」

柚香はもう叫んでいなかった。そして啓吾の腕を、空いていたもう片方の手で摑んで引き寄せると、道路に飛び出したのだ。

そう、先ほど華の横を通りすぎていったような大型のトラックが走ってくるのを見計らって。

トラックのブレーキ音が蘇る。

柚香の悲鳴は聞こえなかった。数メートル行ってやっと停まったトラックの後ろで、啓吾はうつ伏せに横たわっていた。少し離れたところに、柚香は仰向けで、啓吾のほうに手を伸ばして倒れていた。

次々に後ろから来た車がブレーキ音を轟かせて停まった。幸いそれ以上の事故は招かなかった。いつの間にか幾人もの人が辺りを囲んでいてあちこちで悲鳴があがり、やがて救急車のサイレンが聞こえた。ゆっくりとできてゆく啓吾の血だまりのなかに、柚香の伸ばした手があった。

華は歩道で一歩も動くことができずにいた。啓吾の最期の吐息も血も体温も、すべて柚香に持っていかれたのだと思うと、自分は彼との生活を守ったのか手放したのかわからなくなっていた。

自分が身籠《みごも》っていることがわかったのは、それからひと月ほど経ってからだった。街のそこかしこでクリスマスのイルミネーションやオーナメントが目につきはじめていた。賑わいを見せる街並みとは裏腹に、華は、夫を失ってひとりで子どもを産んでやっていけるのだろうかという不安を抱え、気持ちが沈んでいた。

公務員だった啓吾の遺族年金で生活費は賄《まかな》えるし、マンションも分譲だったからローンは保険で精算された。それとは別に啓吾の生命保険もあった。仕事を辞めてしまっても、子どもの教育だとかなんとか、いろんなものを高く望まなければ十分食べていける。だから華が抱えていた不安は生活面のことではなく、もっと漠然としたものだった。啓吾に惹かれて教師になる決意を固め、教師だった啓吾を尊敬していたのに、彼はその情熱ゆえにひとりの女子生徒との特別な接点が生まれた。やがて少女のなかで大きくなっていく気持ちを受け流すこともできず、こんな事態を招いてしまった。そう思うと、仕事を続けていく気力がすっかり失《う》せていたのだ。

華は子どもを堕ろそうとは、だが、思わなかった。啓吾はもういないけど、啓吾が遺してくれた子だ。愛しくないわけがない。柚香には決して叶わないことを自分はちゃんと手に入れることができる、と、そんな思いもあった。あなたに言った「五年後」は単なる言い逃れで、あの人に愛されていたのは私だけなのだと、華は何度も胸のうちでくりかえした。トラックのあのブレーキ音と、啓吾の血だまりに、彼を求めるように伸びていた柚香の手。あの日の記憶を遠ざけるには、そういう言葉を自分に言い聞かせ、さもそれこそが真実なのだと信じるしかなかったのだった。

両親は子どもを産むことに難色を示したが、はっきりと反対はしなかった。授かった命を葬ることに抵抗もあったのだろう。子育てをする苦労も喜びも知っているのだ。愛する人の子どもが生まれた喜びも。

母は毎日のように、華の住むマンションを訪れ、食事の用意などをしてくれた。華は気力ばかりか、すっかり体力も落ちていて、子どももお腹のなかで育ちにくかった。そんな事情もあって尚弥は未熟児で生まれた。

生まれて数日後、初めて抱いたわが子は、顔中をくしゃくしゃにして何かを必死で訴えるみたいに小さな口をぱくぱくとさせ、とても大事なものを摑もうとするかのように、やはり小さな手をぎゅうっと握っていた。

生きている。この子はこんなに小さいのに生きようとしている――。

華は、この子のためならどんなことでもしてやりたいと、心の底から思った。

そんな華の気持ちを見透かしたように母は言った。

「この子に精一杯のことをしてやろうと思うんやったら、仕事は続けなさい。そのために子育てに時間を割けないようなことが起こったときは、お母さんらが協力するから」

母は昔から病弱だった。

「仕事を続けたくても、そうはいかない人も世の中にはいるんよ」

華が家に帰ればいつもそこには母がいた。そんな生活が普通だと思っていた。

「仕事してたら人にばかにされずにすむのに、って思ったこともあったしね」

華が中学生のころ、「お父さんが会社の若い女の子とおかしなことになったんよ」と訳知り顔で囁いた伯母《おば》がいた。

世間ではみんな好き勝手やってるのに、と、ひとり、部屋の隅で背中をまるめて呟いた母の昏《くら》い声は、華の耳と心にこびりついている。

「教師を続けるかぎり、あの子のこと憎み続けるかもしれへん」

華の言葉を持て余すかのように、母はほんの少しのあいだ瞼を閉じた。沈黙が流れた。重苦しい空気を断ち切るように、母がひとつ息をついた。

「仕事を失って足もとが揺らいでしもたら、そのときこそ憎しみに支配されるかもしれへん」

足もと――。仕事を続けていくとしたら、今の自分は教師以外にできることはない。

「ありがとう」

いろんな思いは口にできなかった。

そのときふと下腹に感じた鈍痛を思い出した。あの日、柚香と啓吾を追ってたったひとり、エレベーターに乗ったときのことだ。すでに華のなかにあった胎芽からのサインだったのかもしれない。

尚弥を育てながらも、不意にその痛みを思い出すことがあった。華にはそれが、痛みを決して忘れてはいけないと言われているようだった。

痛み——尚弥がここにいる。啓吾が想いを残している。いや、柚香の痛みだろうか——。

ぼんやりと見上げると見慣れたはずの壁が目についた。かつての華の部屋だ。今はすっかり片づけられていて、子ども用の小さな布団まで用意してある。尚弥が眠っていた。古い家で、和室の壁はすっかりくすんでいる。ベージュ色のクロスだった。この家に住んでいたころはなんとも思わなかったのに、今は落ちつくのだった。

華は、仕事を終えて実家で預かってもらっていた尚弥を迎えにきていた。

尚弥の寝息が大きくなった。

期末テストのこの日、あろうことか、受け持っているクラスで問題を起こした男子生徒がいた。制服のポケットに忍ばせて持ち込んだ煙草《たばこ》を、トイレでふかしていたのだ。

テストの日は、教師は生徒たちの動きにいつもよりも敏感になる。入室が遅れる子がいると全体の士気に影響すると大人は信じているからだ。そんな状況のなかで起こった出来事だった。学年に所属している教師たちはみな、苦虫を嚙み潰したような顔を突きあわせながら、その実、探りあうような眼差しで互いを見ていた。

当該生徒をいったん帰宅させ、午後七時に保護者も一緒に来校してもらった。来たのは仕事を終えた父親のほうで、母親は今日は残業なのだと言った。男子生徒はいちおう「すみません。もうしません」と教師たちに約束をし、父親は申し訳なさそうに頭をかいていた。だがうすら笑いを浮かべ、父親は言った。

「だけどどうしたらいいんですかね。親が見てる前ではやらんでも子どもは目を離すと、好きにやるでしょ。やっちゃいけないと言われたら言われるほど、それが最大の誘惑みたいな。中学生くらいのときってそうやなかったですか？」

そうですねと華が相槌を打つと、隣で学年主任の男性教師が咳払いをした。そして
「親なんですから、いけないことはどうやってでも阻止してください」と抑揚のない声で言った。

父親はまだ何か言いたそうな表情を浮かべ、男子生徒はそっぽを向いて唇を尖らせた。ふたりが帰ったあと華は、学年主任に、担任がそう甘いと困るといったようなことをくどくどと言われた。まあそうなのかなと思いながらも、いろいろなことが気になっていた。

誘惑に満ちた「やっちゃいけない」こと。そんなのは止められないのだと、言外にほのめかしていたような父親の表情。父親の横に座りながら神妙さの欠片もなく唇を尖らせていた男子生徒。理解を求めようともせずに、ただただ威圧的な態度だった学年主任。善悪の線引きを、どこで判断していけばいいのだろうと考えながら、華は学年主任の多くの言葉をやりすごした。

そんなことがあって帰宅が思っていたよりもずっと遅くなった。尚弥を産んだときに

母が言ってくれたように、こういう日も両親は協力を惜しまず、この子を預かり、寝かしつけてくれていた。

その生活が父にとっては罪滅ぼしで、母にとっては生きるよすがなのだろう。

尚弥の寝顔には、はっきりと啓吾の面影があった。

華は尚弥の頭をゆっくりと撫でる。指の隙間をやわらかい髪の毛が滑っていく。

そっと部屋を出てリビングに行くと、母が華のために夕飯を用意してくれていた。

「すっかり寒くなってきたし、華も風邪気味やから、おじや、作ったんよ。これだけで足らんかったら、あとでりんご、つまんだらいいからね」

なんにも言ってないのに華の不調に気づいていた。そんな母の背を目で追う。キッチンへと歩いていく母の腰がほんの少し曲がっている。

「腰、大丈夫?」

母はふりかえって「年って嫌やね」と笑う。それから、皮を剝《む》いたりんごを持ってきてテーブルに置いた。

「今夜は泊っていく?」

金曜日だった。

「そうね」

華の返事を聞いて母はうれしそうな顔をした。

「明日の朝ごはんは華も尚弥も一緒やから、お父さん、喜ぶわ」

手間がかかるだろうにと思う。それでもその手間と賑やかさが、年老いた夫婦ふたりだけの生活に、少しは張り合いをもたらすのかもしれない。

「一緒に暮らそうか?」

つかの間、母の瞳が揺れた。だがすぐに首を横にふる。

「今のままで十分」

「そうなの?」

「一緒に住むよりも、これくらいのほうがきっといいんよ。尚弥を預かって、華も来てくれる。そういう日がたまにあるくらいが、ちょうどいい」

経済的なことでいえば、両親の暮らし向きはそう楽ではない。だが今のところ華の援助は断っている。一緒に暮らせば、両親の生活はそういう意味ではもう少し楽にはなるだろう。それに父とふたりきりではやはり淋しさもあるのではないかと思う。それでも母は、そこのところの距離はうまく保っていたいのだろうか。

母を見ると、何かとても大切なものを愛《め》でるような笑みを浮かべていた。

経済的なことはともかく、淋しさのほうはうまく紛れさせることができているのだなと思った。だが違った。

「華と尚弥が元気でいてくれる。それだけで十分。でも、もしも華がそうしたいんやったら、いつでもここに帰ってきていいんよ」

「え？」

すいと母は目をそらし、テーブルの上に置いた両手の指を軽く組む。手の甲が乾燥している。苦労をかけているのだと思った。ただ、真っ向から自分を受けとめてもらえたような気がした。

もう少し頑張ってみる、と言おうとした。一緒に住めば楽になるのは、本当は華のほうだ。けれど母は、「ちょっと尚弥の様子を見てくるね」と言い残してリビングを出ていった。

しんとする部屋のなかで、華はおじやをひとくち啜った。懐かしい味がゆっくりと口のなかに広がっていった。


柚香を見舞ったのはその次の日曜日、クリスマス間近の、痛いくらいに風が冷たい日だった。

彼女の家は天王寺《てんのうじ》区になって、華が住むところからは谷町《たにまち》線で数駅行ったところだった。

過去は遠くなったように思うが、そこに華を縛りつける存在は自宅から三十分もかからない場所に、今もいる。そんなに近いことにあらためてぞっとする。

四天王寺前夕陽ケ丘《してんのうじまえゆうひがおか》駅の南側改札を出る。尚弥の、手袋をはめた小さな手を握ったまま東に向かって歩いていく。立ち並んだ家々をすぎ、さらに進むと閑静な住宅街になっていた。その辺りはいわゆる寺町とは違った風情が息づいている。

中学生とは思えない落ちつきと凜とした柚香の佇まいを育《はぐく》んだのは、こういう街なのだなとここへ来るたびに思う。何か、しっかりとしたものに裏打ちされたような街の空気が、眩しい光の下にあっても動じることのない自信を生み出していたのだろう。

やがて柚香が住む家につく。コンクリートの塀に囲まれた、重厚な雰囲気の家だった。インターフォンを押すと、「はい」と声が返ってきた。

「安崎です」

華は自分の名を告げ、そばに立っている尚弥をみつめる。

「お待ちください」と聞こえてインターフォンが切れた。

すかさず尚弥が華を見上げ、「お姉さん元気にしてるかな」と言った。

この子は事情を知らない。いつか話すことがあるのだろうか。なぜ自分たちが年に一度柚香を見舞うのか、を。

カチャリと音がして玄関ドアが開く。出てきたのは柚香の二歳違いの姉、智代《ともよ》だった。

「母は体調がすぐれなくて」と消え入るような声で智代は言うが、母親が出てきたのは最初の年だけだった。

有名な洋菓子店のチョコレートのつめあわせを差し出す。それが柚香の好物だと知ったからだ。

「いつもすみません」智代が受け取って頭を下げる。

被害者はきっと自分のほうなのに、華はいつもこうして柚香の好物を手土産に彼女を見舞う。

「柚香さん、いかがですか？　私にできることなんて何もないけど、せめて柚香さんが好きなものを届けたくて」

智代が申し訳なさそうな笑みを浮かべる。

きっと胸中は複雑だろうと思う。命を奪われたのは啓吾だが、柚香が生き長らえたぶんだけ苦労を背負っているのは、この智代なのだ。そのうえ華が見舞えば頭を下げなければいけない。理不尽さは感じていないのだろうか。

だが智代は表情ひとつ変えず、「どうぞ、こちらへ」と低い声で、家の奥へと華たちをいざなう。

「大きくなりましたね」尚弥を見て愛想程度に言う。

「すみません。休日だからって実家に預けるわけにもいかなくて」

毎年そんなことを言うが、嘘だった。大きくなるごとに啓吾に似てくる尚弥を、柚香とその家族に見せたいだけだった。

やがて通された部屋で、柚香は車いすに座ったまま華たちを迎えた。

「こんにちは」

あのとき大人びていた中学生は、年が明ければ二十一歳になる。外にもほとんど出ないのだろう。肌はあのころのまま透きとおるように白くてきめが細かい。紫外線にさらされなければ、いつまでもこんなに美しいのかと、今年もあらためて思う。

「ごめんなさいね。実家に預けるわけにもいかなくて」

智代に言ったのと同じようなことを柚香にも言ってから、尚弥に「ご挨拶は？」とうながす。

柚香の視線をたっぷりと意識しながら華は、尚弥に向けて微笑む。

「こんにちは」舌足らずな感じで言うと、尚弥はぺこりと頭を下げた。

わが子ながらその声もしぐさも本当にかわいらしいと思う。

「大きく、なりましたね」

柚香の声からはどんな感情も読み取れない。すると、ますます啓吾に似てくるわが子に愛しさが増す。柚香には手に入れられなかったわが子への想いだ。

華は尚弥の頭を撫で、「この髪の毛のやわらかさなんて、あの人そのもの」と言って、柚香を見る。

柚香は能面のような顔で尚弥をみつめていた。

どんなに美しい肌を持ち、どんなに若くても、彼女に幸せな未来など約束されてはいないのだ。

やがて柚香の表情が強張《こわば》り、その瞳に絶望が浮かぶ。毎年そうだった。ここへ来るたび柚香の絶望を確認してきた。

「あの洋菓子店のチョコレートをお持ちしたの」

ここへ来るときに持ってくるのは、毎回、柚香のブログにあるスイーツだった。そうすることで柚香が今さら何をしても、自分は揺るがないのだと伝えたいのかもしれない。

「今も、ブログを読んでいただいてるんですね」

だが柚香も動じない。彼女はトラックにはねられて脊髄《せきずい》を損傷した。リハビリをすれば元通りとまではいかなくても、自力でなんとか歩けるようになると医者は言うがと、ここで一度だけ会った彼女の母親から聞いている。

当時、何度も警察に事情を聴かれた。亡くなったのが啓吾ではなく柚香のほうだったら、華にとってはもっとややこしい事態になっていただろうと言われた。女子中学生が男性教師の家にまで押しかけ、あげく、こんな大事故になった。たとえ啓吾と柚香のあいだに何もなかったとしても、それだけで十分スキャンダラスな出来事なのだと。

柚香の両親は弁護士を通して華に連絡を寄こしてきた。見方によっては、柚香は中年の男性教師にたぶらかされた被害者になる。ご主人を亡くされたのは気の毒だけれども、娘ばかりが一方的に熱をあげたわけではないように思えると、そんな言い分だった。

華にもわからなかった。啓吾の優しさは優柔不断とも言い換えることができる。一方で、玄関先で柚香を冷たく突き放したことを考えると、どこか不自然に思えた。そうしなければならないような事情を隠していたのではないかと勘繰ってしまう自分もいた。だから華は、柚香側の言い分に強く言い返せなかったのだ。

そして、柚香はリハビリを拒絶した。

「あのお店にはお姉さんと？」

「姉に写真だけお願いしたんですよ」なんてことはない、というように柚香は吐きすてる。

「先生が好きだったお店。今、どうなっているのかと思って」

「え？」

「ご存じなかったです？　先生が教えてくれたんですよ、全部。去年持ってきていただいたマロンケーキの、あのお店も、その前のアイスクリームのお店も」

柚香のブログに綴られていたのは華の知らない店ばかりだった。けれど啓吾は知っていた。頭の芯が急速に冷え、子宮の辺りが重くなったように感じた。ブログにはいつも啓吾に因んだ出来事や場所、ものなどが綴られていたのだ。ふつふつと怒りが湧いてくる。

車いすから立ち上がって歩こうとしないのも、それがすべて、啓吾が遺した傷痕だからだろう。

先生を解放してあげたいのと言った柚香は、今もこうして生きている。「死」こそ真実だとでも言いたかったのかもしれないあのときの少女――。

相手だけが死に、その伴侶の幸せを踏みにじった者が平穏に生きられるわけがない。

「もうどうしようもなかったんです」

「何が?」

「私は先生に何回も好きって言うた。先生はいつもちょっとだけうれしそうな顔をして、でもだめだよって言うたんよ。どこか苦しそうで、でも冷たく突き放すわけでも優しく受け入れるわけでもない。そんな状況に私は耐えられへんかった。だから」

「だからあの日、来たのね」

憎しみが、恨みが湧きあがってくるのに何かが違った。ずっと華の胸の底に沈んでいる塊は、何をどうやっても取り戻すことができない啓吾の体温や匂いや、あの横顔や彼との穏やかな時間が突然消えてしまったことへの憤怒だった。いや悔恨かもしれない。でなければ彩りと甘やかさを全部吸い取られてしまったあとの残りかすのような記憶。それなのに、啓吾が遺した深い爪痕をいつまでも纏《まと》い、啓吾の思い出を並べ立てなければ生きてこられなかった柚香に、憎しみとは別の感情を抱いている自分をどこかで感じていた。

だが柚香は頷かなかった。

「一度だけ、たった一度だけ願いを叶えてもらったんです」

その願いがどういうもので、ふたりの関係が実際にはどうだったのかもわからない。ただ彼女は啓吾のことを、「あの人」とか「彼」とかではなく、今もずっと「先生」と呼び続けている。それがかえってとても特別なことのように思える。

きっと柚香にとっては、だれにも触れられたくはない大切な思い出なのだろう。柚香が啓吾との思い出をブログに綴ることでしか生きてこられなかったのと同じように、華も日増しに啓吾に似てくる尚弥を連れてここに来なければ、やってこられなかったのだ。

そのとき、柚香の肩から淡いピンクとイエローのチェック柄のストールが滑り落ちた。華は慌てて手を伸ばそうとしたが、間にあわない。柚香の体がわずかに傾く。

「お姉さん、危ないよ」

そう言ってストールを拾いあげたのは尚弥だった。

しばし尚弥の顔をみつめ、「ありがとう」と柚香は静かに呟いた。声が掠《かす》れている。とても薄い肩だった。柚香の体は成長することをやめてしまったかのように、いつまでも華奢なままだった。それは儚いというのとは違う。二十歳をすぎたとは思えない子

ども

じみた体つきで、見ていて痛々しかった。

それでもまだ自分は、こうして啓吾から授かった彼の分身を連れて、ここにやってくる。かつて啓吾の恋人から彼を奪った。啓吾がどう言ってその関係を断ったのかは聞かなかったが、彼の煮え切らない性格を十分わかっていて自分がそうしむけたのだ。だから華も幸せになってはいけない。

そういう痛みを、ここへ来るたびに自分は思い起こそうとしているのだろうか。

お母さん、と尚弥が遠慮がちに言った。

「お姉さん、しんどそうやからそろそろ帰ろうよ」

「え？」

尚弥の、真っ黒な瞳が華を見上げている。

華の頭のなかで何かが弾けた。心の底に沈む塊が、ほんの少しだけ溶けた気がした。

「そ、そうね」

柚香は尚弥をみつめ、「わ、私」と消えいりそうな声で言いかけて、黙る。

「――今年はインフルエンザの流行も早いみたい。だからあなたも大事にして」

一瞬、不思議なものを見るような目を向けて、柚香は「ええ」と呟いた。

「この子も来年は小学校に入学するの」

終わらせなければと思った。こんなことを続けて、いったい何になるんだとも思ってきた。

「忙しくなるやろうから、もうここには来られへんかもしれないし」

「ええ」

「たまには外に出てみるといいよ」

啓吾は死んだけど、私たちは生きているのだ。

「え？」

「生きていればこそ」

華と柚香の人生は今後交わることはないだろう。互いに別の場所での役割もきっとあって、啓吾だけを死なせるつもりはなかった柚香にも、生きていかなければならない理由があるはずだ。

啓吾が愛したのは自分だ。彼の子どもを産むことができたのも自分だけに与えられた特権だ。そういう優越感がなければ華は自分を支えてこられなかったのも事実だ。こうして見舞うことを名目に、柚香には叶わなかったことを自分は手に入れたのだと誇示してきたのだ。

だけど知っている。啓吾は彼女が誤解するとわかっていて「五年後に」と囁いたことを、本当は知っている。

優しくて誠実で仕事にまっすぐで。その傍らで脆《もろ》さを秘めた彼の心は、誠実に見せかけた裏で怪しく蠢《うごめ》くことがあると、華は最初から気づいていた。そんなことをしなくても彼はきっと女性から慕われたと思う。けれど啓吾はもっと安心していたかったのだ。世の中の、自分にかかわった人間が、ずっと自分という存在を忘れずにいることを願って。

幼いころに母を亡くし、父は再婚を理由に彼の養育を放棄したのだ。そうして祖父母に引きとられた。生まれ育った町を出て、住んだことのなかった土地で不安を抱えて生きてきた。彼はそういう生い立ちのなかで育ってきた。彼が言った「あのとき、もっとこうしておけばよかった」という後悔のほとんどは、もっと勉強すればよかったとか、もっと部活動を頑張ればよかったというようななまやさしいものではなくて、何が何でも父親とは離れたくないと言えばよかったという、悲痛な叫びのなかにあったのだ。

それを全部知っていてこうして柚香を見舞う自分の心が、貧しい。こんなことをいつやめられるのだろうと、本当はずっと考えていた。

柚香のブログが始まったのは尚弥が生まれる前日だった。病院のロビーで、ふと柚香の名前をスマホで検索していてみつけたのだ。挑発だと思った。

でも違うのかもしれない。

「じゃあ、帰ろうか」

尚弥の手を取って言った。

「うん。お姉さん、さよなら」
尚弥――。

「わ、私ね」と、また柚香が小さな声で言った。

ひとつ頷いて、華は微笑んだ。


「ずっと忘れないから。あなたのこと」

窓から射した陽を受けて、柚香の瞳が潤んでいるように見えた。尚弥の向こうに啓吾を見ることができたのだろうか。彼女はわずかに頰を緩ませた。

じっと柚香をみつめたまま華は「さようなら」と言うと、深々と頭を下げた。


昼休み、受け持っているクラスの昼食指導を終えて華は職員室に向かっていた。職員室の前には数人の生徒が群がっている。いつもの光景だった。

そのなかのひとりの女の子が華を見て、走り寄ってきた。


「先生、うちな」

相変わらず友達に語りかけるような口調で女の子は言った。岡澤に憧れを抱いて告白までした、あの子だった。

もしも、まだ岡澤のことが好きで、というようなことを言ってきたら、そのときは、それはあなたのことが好きだから言ったわけじゃないのと、きっぱりと言ってきかせよと華は思った。

ところが女の子は少ししょんぼりとして、「彼女がいるからあかんて言われてん」と言った。

「彼女⁉」声が裏返る。「彼女って、だれに？」

「だから岡澤先生に」

「彼女がいるから五年後なん？」

「そうやなくて、五年後もあかんて言うねん。ひどくない？」

「じゃあ、こないだのはなんやったん？」

「ほんま、それな！」

女の子は人さし指を立て、眉根を寄せて言った。本人は必死なのだろうが、そのしぐさがかわいらしくて、華はつい笑ってしまった。

「もう！　なんで笑うん！　うちの失恋、そんなに楽しい？」

「ごめんごめん。そういうわけやないけど。でも失恋て、ちょっと憧れてただけやろ？　大げさやなあ」

「だって」と女の子は、不満そうな声で、でも、おもねるような目で華を見上げる。

「そんなに好きやったん？」

「だってうちな、ほんまはお母さんが病気になったりしてちょっと大変やってん。お父さんも家にあんまり帰ってけえへんし、お金もなくて」

ほかの子に比べてずっと幼く見えていた女の子は、だれにも話せないような事情を抱えていたのだ。

息子の喫煙のことで来校し、悪びれることなくそんなのは止められないと言いたそうな表情を見せたあの父親。焦れた恋心を抱えてにっちもさっちもいかなくなった柚香が引き起こした事態に、弁護士を代理として華のもとに寄こした柚香の両親。母親はいまだ面倒を智代に押しつけて華の前にまともに姿をあらわさない。そして再婚を理由に息子を棄《す》てた啓吾の父親。

どんな理由があったのか、家族に背を向けて自分だけ甘い世界に身を置いていた華の父。

「でもな、それ、友達とか先生とか、ほかのだれにも言うてなかってん」

どこか欠落しながらも、みな必死で立っているのだ。

「それが岡澤先生だけが、どうしたん元気ないやんて言うてくれてん。うち、自分からは何も言うてないのに、すごくない？ そやからつい話してん。そしたら、そんなふうに大変なときはだれかに相談してもええねんでって言うてくれてん」

驚いた。少女の、ふわふわとした子どもじみた憧れだと思っていた。でも彼女は、ちゃんと相手を好きになるだけのものを感じ取っていたのだ。

「そうやったん。で、なんで五年後にって言うたんやろ」

「落ち込んでるのにはっきり言うのはかわいそうやと思ってんて。それに五年も経ったらきっと忘れるやろうって。でも、もしも変なふうに期待させてしまってたらあかんて、あとで気づいたからって。誠実やろ。ますますいいなって思ったけど、でもはっきりふられたから、やっぱり諦めようと思って」

華はふと視線を感じて女の子の向こうに目をやる。いつの間にか、そこには岡澤がいた。華を見て、周りに気づかれないようなさり気なさで微笑むと、軽く会釈をした。はにかんでいるようにも、自分がやらかしてしまった失敗を恥じているようにも見えた。

ただ、啓吾が言った「五年後に」とはまるで違う意味だったのはわかる。

華は女の子の名札を見た。

「実山《さねやま》さん。下の名前は何やった？」

「ええ？　知らんのぉ？　もう先生、ひどい」

「ごめん」と言いつつ、ふふっとまた笑ってしまう。

華が発した言葉に、きゃんきゃんと反応する彼女が愛らしくてしかたがなかった。

「岡澤先生のこと、先生にしか話してないのに」

「え？　そうやったん？」意外な言葉に華は真顔になる。

「だれかに話した？」

「ううん」

「よかった。やっぱり安崎先生やわ。そういうところ信用できるねん」

偉そうな物言いだったが、少しも嫌ではなかった。

「安崎先生みたいな先生、絶対いいと思うねん」

「そう？」

面と向かってそんなことを言われたのは初めてだった。

女の子は大きく頷く。

この先もずっと教師を続けていくのだろうかと自問する。

「菜津《なつ》。菜っ葉の菜に津軽の津って書くねん」

「菜津——。いい名前ね」

菜津はにっこりと笑った。

「お父さんが考えてくれてん」

「そうやったん」

あんまり家に帰ってこないと語った彼女の父親も、この子が生まれたことは心から喜んだのだろう。

教師をずっと続けていく。そう決めたわけでもない。自信もない。それでも——。

こういう生徒のそばに寄り添うだけでもいいじゃないか。苦手なことはあっても、こうして中学生の子たちと話すのが、自分は好きなのだと気づく。自分に役割があるとしたらそういうところだろうし、役割をまっとうしようとする背中を尚弥に見せられたら――。

「あれ？　猫」

菜津が廊下にある窓の外を指した。いつか倉庫とゴミ庫とのあいだのわずかな隙間に吸い込まれるように消えていった、あの仔猫だった。

「迷子かなあ？」

「ううん。きっと向こうでお母さん猫が待ってるんやと思う」

この子はそう信じているのだろう。

「そうやね」

菜津はずっと笑顔のままだった。平らな額と濃い眉毛が愛くるしい。その愛くるしさにつられて華は、自分もにっこりと笑った。

渡船場で

渡船場《とせんば》につくと、舟は対岸を目指してたった今、出たところだった。

老婆はこの日もいた。

湿った風が吹く。ゆったりと流れている川の先には大阪湾がある。ここは四方を川と運河に囲まれた町。その一角にある、大人が五人も寄ればいっぱいになる渡船場。

「こんばんは」

結城航平《ゆうきこうへい》はベンチに座る老婆に声をかけた。

対岸で働く息子を迎えにきているのだと、ずっと前に本人から聞いている。

航平がその隣に腰を下ろすと、老婆は、立てた人さし指の肚《はら》で皺だらけの頬をさすり、

「ああ、今夜も」と言った。

それは不思議な、老婆の挨拶だった。

空が急速に藍色に変わりはじめ、向こう岸にちらほらと灯《あか》りがともりだす。対岸に向かう人たちを乗せた小さな舟が、四百メートルほどの幅の川に映りこんだ空や町の灯りを揺らして進んでいく。大阪市が運営しているその渡し舟は、この辺りに住む、あるいはこの辺りで働く人々が渡る橋の代わりとして一日に何度も行き来している。乗船は無

料だった。

航平は持っていたかばんから缶のミルクティーを出して、老婆に差し出した。

「やあ、いつもすまないねぇ」老婆はにっこり笑った。

「いや、別に」とそっけなく言ったが、何をしても素直にありがとうとは言わない職員室の、まあいえば同僚たちの顔が浮かぶ。

航平はこの町にある鶴浜《つるはま》中学で働いていた。渡船場からは歩いて十二、三分のところにある。普段は大阪シティバスを利用していた。

バス停は校門を出てまっすぐに行った大通りにあって、歩いて五分とかからない。そこから十五分ほどバスに乗って、JRに乗り換える。渡船場で対岸に渡り、向こう岸を経由して帰れば、二、三十分、余分に時間がかかる。航平にとってはそのまわり道が、ちょうどいい気分転換になっていたのだ。

いつしかこの場所を訪れるときには、自分用の缶入りのブラックコーヒーと一緒にミルクティーも買うようになっていた。道すがらみつけた、ひと缶百円で売られている自販機の前に立って、最初、何にしようかと迷った。そして女性は甘いものが好きだという乏しい知識のなかでミルクティーを選んだ。思いのほか老婆は喜んでくれた。

老婆と肩を並べてベンチに座り、空や向こう岸の光や、川面《かわも》に小さく立つ波を見ながら風の匂いを感じ取る。それだけで胸のうちの澱《よど》みが押し流されていく。航平にとっては、煩雑な日常がほんの少しだけ遠ざかるひとときだった。

　老婆はミルクティーのプルタブを指先で摘《つ》まみながら、手を小刻みにふるわせていた。そうだったと思い出して航平は、老婆が持っていた缶を手に取りプルタブを引いてやる。

「やあ、すまないねぇ」老婆が笑みをこぼした。

　そしてかばんから自分用に買ったコーヒーを出していると、「またそんなもん飲んで」と言う。いつものことだった。こんな時間にそんなもの飲むと眠れなくなるよ、と、妻の紘子《ひろこ》にも言われたことがないようなことを言われ、そうやな、と応える。

「今日も忙しかったんかい？」

「まあまあ、かな」

　航平の言葉をどんなふうに受け止めたのかはわからないが、老婆は、「まあまあくらいがちょうどいいんよぅ」と、目を細めた。

　忙しくもなく暇でもない。やったほうがいいだろうなと思いながら、なんとなく気が乗らなくて仕事を先送りする。そんな日が二、三日続いていたから、老婆のそんな言葉に気持ちが楽になる。

　航平は今年四十六歳になる。同世代の友人は、親が病気になっただのなんだのと大変そうだった。航平にはそういった心配もない代わりに、叶えられなかった親孝行もある。だからというわけではないが、自分の母親くらいの年ごろの老婆に何かをしてやって

「すまないねぇ」などと言われると、胸のうちがこそばゆくなる。同時に、どこかに落としたままになっていたものをみつけてもらったような気持ちにもなっていた。

母が他界したのは、航平が十三の歳だった。昔から病弱だったのだが、最後に入院して一か月と経たないうちに逝った。母の人生の幕引きはあっけないものだった。十月に入っていた。見る間に辺りは暗くなっていき、風もひんやりとしていた。

「ところであんたは、こっち側には仕事で来てるんかい？」

どこでなんの仕事をしているのかについては、これまで訊かれたことがなかった。

鶴浜中学に着任したのは三年前の春だった。その年、航平は一年生に配属され担任を務めた。翌年は二年生を受け持った。今年度もそのまま持ち上がるはずだった。ところがどういうわけか、また一年生を受け持つことになった。

そんなことを思い出すと、嫌な気分になる。

「まあ、そうやけど」

川べりに街灯が等間隔に並んでいる。航平は、川面に映る橙《だいだい》色の光がゆらゆらと揺れているのを目で追う。

「じゃあ、うちの息子とは反対やな」

老婆の息子と航平は、帰る方向が逆だと言っているのだろう。その声にはまったく屈託がない。だから航平も、世間話の延長のようなつもりで気軽に訊いた。

「で、おばあちゃんの息子さんて、いくつになるの?」

航平は老婆の息子とまだ一度も会ってはいない。おばあちゃんと呼んでいるが、その息子というのも航平とたいして変わらない歳だと思う。とすれば、いちいち迎えにくることもないのになと、ずっと疑問に思っていたのだ。

老婆はすいと目をそらして「たしか、三十三かねぇ」とぽつりと言った。

自分よりもずっと若い。ずいぶんと遅い子どもだったのだろうか。

他界したときの母は三十八歳だった。生きていれば、そうだな――七十一か。

考えているうちに舟がこちら岸について、数人の乗船客が降りてきた。老婆は前を通りすぎていく人たちに向かって「ああ、今夜も」と言って何度も頷《うなず》き、笑みを浮かべた。

だれに対しても分け隔てなくそんなふうに声をかけている老婆の姿に、なんだか懐かしさを覚える。それはたとえば、子どものころに住んでいた町に戻ったような感覚だった。

ただ、老婆の息子はこのときもあらわれなかった。

航平は無言のまま、対岸に並ぶ工場の、黒いシルエットばかりをみつめた。

航平が渡船場とその舟の存在を知ったのは、三年前の夏だった。鶴浜中学に赴任した年で、新しい環境に慣れつつあるようなころだったと思う。たまたまテレビで渡し舟の特集番組をやっているのを見た。だが実際にここを訪れるようになったのは今から一か月ほど前だ。

その九月あたまの夜、着ていたジャケットのボタンが取れていて、紘子につけてくれないかと頼んだ。だが紘子は、忙しいのよ、と言った。

航平はいつもリビングのソファにだらしなく座り、適当に買ってきたもので夕飯をすませる。あとは本を読んだり、目的もなくテレビの画面を眺めたりしていた。ボタンをつけるくらいの時間がないわけではない。同僚たちはみな男でも自分でそれくらいはやっているようだった。ただ航平は不器用で、彼女のほうがずっとうまくボタンをつけることができる。紘子もそれはわかっている。忙しいか暇かの問題ではない。だからそのとき航平は、あなたは暇なのだから、と言われたような気がした。

あとになって考えれば、彼女は本当に忙しかったのだと理解できる。第一、紘子は自分のキャリアと航平の仕事を比べて、何かを言うような妻でもない。それでも紘子のひとことが、妙に引っかかったのだった。

前任校の、気のあう同僚と酒でも呑めば気も紛れるかもしれない。だが航平は酒に弱い。それに前に勤めていた中学は今も少し荒れている。そんななかで忙しく働く元同僚と会うことも気が引けた。

そうして渡船場のことを思い出したのだった。

時間がゆっくりとすぎていくようなこの町の端っこ、どうかすると人々からも忘れ去られたような場所にある渡船場を見てみたい、となぜか思った。どんな場所にあっても人々から必要とされている小さな舟にも興味を覚えたのかもしれない。

翌日、学校を出たのは夜の七時前だった。そのまままっすぐ帰れば八時すぎには家につく。スマホで地図を見ると、向こう岸の渡船場から五百メートルほどの場所にバス停があった。さらに路線図を調べると、そこを通過するバスも、航平がいつも利用しているJRの駅につながっていることがわかった。

航平は渡船場に向かった。風はまだ夏の名残《なごり》をとどめたままぬるく、歩いていると背中が汗ばんだ。風が強くなったと思ったら目の前に川が広がっていた。陽が落ちていく空の下で、川はゆったりと流れていた。

その手前に渡船場があった。台風でもくれば一気に吹き飛ばされてしまいそうなトタンの屋根と、薄い壁で作られた一角。テレビの画面越しに見るよりもずっとうらぶれているように感じた。

蛍光灯のひとつがせわしなくついたり消えたりをくりかえしていた。壁には大きな時刻表と、渡船場の歴史が記されたプレートがあった。そしてこの地域の役所のポスターや、いくつかの注意事項が手書きで書かれた大きな紙が貼ってあったが、それらはところどころ小さく裂けていて紙の端は折れていた。角材のような柱のそばには薄汚れた青いポリバケツと、同じように汚れてくすんだ緑色の丸めたホースがかかっていて、先がひしゃげたデッキブラシがあった。

そんな渡船場の片隅にあるベンチに、背を丸めて体がすっかり小さくなっている老婆が座っていたのだ。ベンチの脚は錆《さ》びついていた。

老婆はぼんやりと地面に目を落としていた。航平はベンチのそばにある時刻表にそっと近づき、次の舟が出る時間を確認していた。

「ああ、今夜も」

突然声をかけられてびっくりした。おそるおそる視線を向けると、老婆がこちらを見てにっこりと笑っていた。だから航平は、こんばんは、と言われたのかと思い、「こんばんは」と言ってみた。だが老婆は目を細めて、ぶつぶつと「今夜も、今夜も」とくりかえし、小さく何度も頷いた。

知らん顔をしていようと思った。でもなんだか気になって、「おばあちゃんも舟に乗るの？」と訊いた。

「ああ、今夜も、いい月が出ているよぅ」

航平の質問には答えず、老婆は空を仰ぐように首を伸ばした。

つられて航平も空を見た。きれいな三日月が空に浮かんでいた。久しぶりにそんな月を見て航平は、いいもんだな、と思った。

やがて舟がやってきて、数人が降りてきた。なかには自転車を押している人もいた。舟に座席はない。立ちっぱなしのまま乗るのだが、自転車ごと乗ることもできる。

老婆はだれにというわけでもなく何度も「ああ、今夜も」と呟いて、頭を上げ下げしていた。だからきっとそれは、今夜もご苦労さまとでも言っているのだろうと航平は理解したのだった。

いつの間にか、十人ほどの人が乗船するために並んでいた。その一番後ろにいた作業着姿の男と目があった。六十はすぎているように見えたその男は、ほんの少し頰を緩めて頷くように会釈をした。航平も軽く頭を下げて応じた。

「ほら、舟が行ってしまうよぅ」

小さな声だった。見ると老婆はまだ空を見上げていた。

「じゃあ、そろそろ」と言って、航平は立ち上がった。

そこで老婆は航平を見て、「ああ、今夜も」と言い、にっこりと笑った。

すぐに舟は動きだした。思ったほど揺れることなく舟は進んだ。川のなかほどまで来たとき、自分自身が水のうえを浮遊しているような気がした。いつしか汗ばんでいた首筋や背中はすっかり乾いていて、風が心地よかった。

三分間の乗船時間はあっという間だったが、空はいつも見ているものよりもずっと広くて、もやもやしたものが体から抜けていくように感じた。

鶴浜中学は、全校生徒あわせて二百人弱の小規模校だった。抱える校区に小学校はひとつ。生徒たちは義務教育の九年間をほぼ同じ顔ぶれのなかで過ごすことになる。人懐《ひとなつ》っこくてどこか幼い感じの生徒が多く、和気あいあいとしている。そして保護者たちも昔からの顔なじみということもあって、互いに支えあっているといった印象が強かった。

航平は教師になって二十三年目を迎えていた。英語科を担当し、ずっと学級担任を務めてきた。鶴浜中学のような小規模校は初めてだったが、仕事の基本的なところは大きくは変わらない。それでも穏やかな中学で、荒れていた前任校で働いていたときを思うとずいぶんと時間的にも気持ちのうえでも余裕はあった。

ただ今年度限りで、統廃合のために閉校になることが決まっている。統合先は隣町にある第三中学だ。

鶴浜中学が閉校になるという噂は以前からあった。

工場が多く立ち並ぶ地区だった。ひと昔前はそのそばに次々と団地ができて、この地区ばかりか、対岸に林立する工場に勤務する多くの人たちと、その家族が住んでいた。だが地下鉄の開通とともに人々はほかの地域に流出し、団地には空き室が増えた。加えて少子化のこのご時世だ。働き盛りの世代が抜けたあとは子どもの数も減る一方で、ずいぶん高齢者の数が増えた、と年配のベテラン教師が嘆くように話していたこともある。

――英語科を担当する結城です。

三年前、鶴浜中学に着任した日のことだ。職員室で座った席の、隣にいた男性教師に向けて簡単な自己紹介をしたときだった。

――まるで掃き溜めだな。

航平を一瞥《いちべつ》してそう言った隣席の教師が、葛西田《かさいだ》だった。彼は三十代半ばで、まさに働き盛り。少しつきでた腹のせいか貫禄があって、浅黒い顔のなかで目がぎょろりとしていた。そして学年主任を筆頭にいくつかの委員長や主任といった肩書を持っていた。

航平はすっと目をそらし、机の引き出しを意味もなくあけて聞こえなかったふりをした。

鶴浜は、比較的年齢層の高い教師が多い中学だった。体力的な面で考えればどうしても減退していく年代だ。そして、葛西田が主任を務めるその学年は特に年齢層が高いうえ、その年に着任したなかで航平が一番年かさだった。彼にしてみれば思うところもあったのだろう。

葛西田が言った「掃き溜め」という言葉は、耳の奥にずっとこびりついている。そして彼とは二年間、同じ学年で働いた。

赴任して一年もすぎると、生徒たちのあいだに深刻なトラブルがないのは、一部の教師たちによってそうとう押さえ込まれているからだと感じるようになった。問題がそれ以上は大きくならないというのは悪くはないが、何かにつけ、授業中であってもかまわずに呼び出す。手厚い指導と言えば聞こえはいいが、生徒たちの言い分に耳を貸すことなどほとんどない。

そして、その中心にいた人物が「掃き溜めだな」と呟いた葛西田で、今、それを受け継いでいるのは、当時、たったひとりの二十代だった杉山《すぎやま》だ。

今年度、航平は、本当なら持ち上がりで三年生の担任になるはずだった。そこからはずれたことに心あたりがあるとすれば、二年間所属した学年の主任である葛西田との折り合いが悪かったことくらいだ。

まさかそんなことでと思うが、まったく否定もできない。葛西田のようなタイプの教師はわりとどの学校にもいて、驚いたことにその力は絶大だ。力というのは、指導力とか授業のスキルといった能力とは別物だ。

そんな葛西田と学年が離れたのはよかったが、生徒たちに対しては思いが残る。それに三年生を送り出すのであれば、閉校になることが決まっていてもやることはそう変わらない。だが一年生となるとずいぶんと違う。三年間かけて育成しようという計画も思いも、すべてが途中で断たれてしまう。

どうしても気持ちがそがれていく。そこで航平はプリントを作ることにした。授業の合間や、ちょっとした隙間時間に学習しやすいものをと、必死で考えた。受け持って一年で自分の手から離れていく生徒たちが、統合された先の中学で困らないようにと思うほど、プリントは何種類にも増えていった。

杉山もまた一年生に所属し、航平の隣のクラスの担任をしている。担当教科は理科だが、暑い時期には短パンにTシャツ、寒い時期にはジャージとウインドブレーカーという身なりをしていて、がたいもよく、まるで体育科の教師のようだった。

航平はというと杉山よりも少し背が低く、服装はグレーか黒のパンツに綿のシャツをあわせるという無難なスタイルだった。そんな航平を生徒たちは「ミスター・コウヘイ」と下の名で呼び、航平の前では少々羽を伸ばす節があった。

だからといって彼らは反発するわけでもサボるわけでもない。授業中にノートを書かないことを注意すれば素直に従い、提出物もそれなりに出してくる。そんな航平の授業のなかで、生徒たちの私語が気になるのだと杉山が言ってきたことがあった。

私語といっても、授業についてこられない子が隣の席の子にちょっとしたことを訊いた程度だ。わからないからと授業を放りだしてしまうよりもずっといい。

そのとき杉山は授業がなく、廊下を歩き、教室のなかの様子を見てまわっていた。そしてよく状況を把握しないまま、「そういうちょっとした乱れが『荒れ』を生むんです」

と真顔で言ったのだ。

荒れるかよ、ばか。言い返したいのを航平はぐっとがまんした。

たしかに杉山の授業では、生徒たちは必要なとき以外は決して言葉を発しない。静かなものだ。だが一方で居眠りしている子もちらほらといる。

航平は教師としてのキャリアは二十年を超えるが、赴任した中学は鶴浜で四校目だった。杉山は大学を卒業してから採用試験に合格するまで三年間、講師として産休や病欠の教師の代わりを務め、五校の中学で働いた経験を持つ。そして鶴浜に着任してからは五年目になると聞いている。

中学にはそれぞれ違った「文化」があるものだ。生徒たちの性質の違いもあるが、そこで働く教師たちの雰囲気や考え方も学校によってさまざまだ。なんでもわかっているように思っても戸惑うこともある。そう考える航平に対して彼は、ひとまわり以上若いが自分のほうがより多くを経験している、しかも鶴浜に関しては、自分のほうがよく知っているのだとでも言いたくなるのだろう。

だがそれも葛西田という存在があってのことなのだが。

葛西田は杉山のことをかわいがっていた。よく呑みにも連れていっている。忙しい忙しいと言いながらも、特に問題が起こらない日は早々に切り上げて、早い時間から呑みに出かけることもある。

やることさえやっていれば、だれに迷惑をかけるわけでもないからかまわない。みな、そう思っているのだろう。もちろん航平にとってもどうってことはないが、ただ、彼らが職員室を出るとき、机に向かっている航平に「まだそんなことやってんですか」と、いちいち言ってくることがうっとうしかった。

そんなことをつらつら考えながら、放課後、航平は桜の木のそばに立っていた。

桜は校門脇にあった。どこの中学にも桜はあるが、鶴浜中学にはその一本限り。これまで見たものよりもずっと大きくて幹が太く、桜の季節には圧巻だった。だが花が散ったあとも季節ごとに見せる姿はどれも荘厳だと航平は思う。何があってもぶれない。そんな強さを感じ取っていたのかもしれない。

鶴浜中学が閉校になったあと、この桜はどうなるのだろう。

ここに通う生徒たちはみな、来年の春からはバスに乗らなければ中学にも通えない。「バス代が」と渋る家庭がいくつかあるだろうと想像できる。

統合先の第三中学は、学力テストの結果は大阪でも上位を占め、少人数制授業の体制もずいぶん整っているらしい。それだけではなく部活動もある程度の数に絞られている。どこの中学でも推奨されているような、できるだけ部活動に入部しようなどといった考えはなく、少数精鋭を謳《うた》っているのだとか。活気があるのかないのかわからないような学校だが、保護者受けのいい中学だった。

鶴浜中学はといえば、全体的にのんびりとしている。だが十数年前はひどく荒れて、授業そのものが成り立たなかったという。だから、いちおう学力向上を掲げてはいるが、毎日きちんと登校し、机に向かうことを今も第一に考えているというのが実情だ。部活動は放課後の限られた時間を楽しむために存在している。そういう環境のなかで育ったここの生徒たちが、新しい中学になじんでいけるものなのだろうか。

生徒の行く末を思えば心配することはいくらでもある。そういったことに目を向けようとしない杉山たち若い教師のやり方は、どこか違うんじゃないかと指摘すべきなのかもしれない。考えなければならないことはいくらでもある。

それなのに、今も何かから逃げるように、この桜の木の下にいる。そしてそこに、坂《さか》下《した》玲《れ》雄《お》はいた。

玲雄は、二学期が始まって十日ほどがすぎた中途半端な時期に、航平が受け持つクラスに転入してきた。

中学に入学して一学期間を過ごせば、たいてい新しい友達もできる。仮に人見知りであったとすれば、三か月かけてやっと慣れてきたころではないだろうか。そんな矢先の転校はどんなふうなのだろうと思う。しかも二年生には玲雄の従兄《いとこ》がいて、それは彼の母親の姉にあたる人の息子なのだが、玲雄は今その従兄の家に預けられ、そこから中学に通っているのだ。坂下というのは従兄のほうの姓で、玲雄の本当の姓は違う。

航平はこれまでにも、在学中に両親が離婚したが、周りからあれこれ詮索されるのは嫌だからと、離婚前の姓のまま卒業までを過ごした生徒を受け持ったこともある。それなりの事情と保護者や本人の申し出があれば、戸籍上とは異なる姓で呼び、出席簿や名列表に記載することもある。

玲雄にもまた、人には言いたくないような複雑な背景があるわけだ。

「なんだ」

ひとりでぽつんと立っている玲雄に航平は、思わずそんなふうに声をかけた。それがおもしろくなかったのか玲雄は、ちっ、と舌打ちし、「コウヘイかよ」と吐きすてる。

制服は、ブレザーの下に白のポロシャツをあわせる。シャツのボタンは一番上までしっかりとめることになっているが、玲雄は一番上のボタンをはずして着ている。着方よりも、そのポロシャツがうす汚れていることのほうが気になる。

だが航平は、「どうや、クラスは」と訊いた。

本当は家の事情のことが心配だった。でも今は、クラスのことのほうが彼にとっては話しやすいのではないかと考えた。これまで航平が何を言っても単語でしか答えない玲雄との、会話の糸口になればとも思ったのだが——。

「ばあか」

そう言って玲雄は走っていってしまった。

まだ自分の思いを話せるほど、気持ちは落ちついてはいないのだろう。

「おい！」

声をあげたのは杉山だった。いつものジャージ姿で校舎からひょっこりとあらわれたのだ。

玲雄がふりむいて立ち止まると、すかさず「先生に向かって、その口のきき方はなんだ」と高圧的に言った。さらに杉山は肩を怒らせて近づき、「おい、ボタン、とめろよ」と居丈高に注意する。

航平はふたりのほうへと歩いていく。

玲雄が「ちぇっ、なんやねん」と毒づく。彼は中一にしては体格がよかった。体ばかり大きくて、まだ少年のあどけなさを十分に残した面差しの玲雄の、目つきが鋭くなった。

「なんやと？」杉山がにじり寄る。

すると玲雄は、ふん、と鼻を鳴らし、にやりと笑うと、校舎脇を走り去っていった。

杉山がもう一度「おい！」と叫んだが、見る間に玲雄の姿は小さくなって校舎の陰に消えた。

杉山は、猫背になって腕を両脇に垂らしたまま握り拳を作って立っている。そんな彼の背がすぐ目の前にあった。

教師にはよく見受けられるいでたちと物言いだった。それにしても三十そこそこの、つるりとしたきれいな肌を持ち、黙っていれば今どきの上品そうな男に見える杉山が、中堅どころの教師の外側ばかりをやたらと真似たようにふるまう姿は、見ていて気持ちのいいものではない。と思っていたら杉山が航平をふりかえった。

「ダメですよ、結城先生。あんなん放っておいたら、いくらでもつけあがりますよ」

息が臭った。航平は咄嗟《とっさ》に顔をしかめた。

「なんですか」

「いや——。つけあがってるわけやないやろ」

「そんなことを言う教師がいたら、中学校の統制、取れないっすよ」

「統制、か」

厳しいことを言う教師も必要だ。でも今は、玲雄がなぜああいう態度を取ったのかという話をしたいだけだ。航平は杉山から目をそらしながら、かつては自分も、こんなふうに年配の教師にえらそうに意見したことがあったなと思う。

気持ちのどこかで、ルールを守れない生徒を好きにはなれなかった。だからあのころの航平は、たとえば生徒が置かれている家庭環境よりも、一定のルールからはみ出ていくその行動ばかりを見ていたのだと思う。

でも、そればかりではいけないのだと、今ならわかる。

玲雄が以前通っていた中学からの申し送りでは、彼は特に問題行動を起こさない真面目で目立たない生徒、ということだった。つまり、今しがた見せた姿と、以前の様子はまるで違うのだろう。母親が抱える事情については「体調が非常に悪い」という以外に聞いてはいないことに思い至る。そして彼には小三になる弟がいるのだが、弟のほうは祖母に預けられているという。父親はいない。

家族と別れ、入学したばかりの中学を離れて、伯母《おば》の姓を名乗ってここでなんとか過ごしている。そんな玲雄の気持ちは、もしかしたら十二、三歳の男の子が言葉で表現できるものではないのかもしれない。

航平だって十三歳のとき、自分のなかにある鬱屈《うっくつ》したものを抱え込むばかりで、うまく口にすることはできなかったのだから。

航平は八時すぎに、近所のコンビニで買ったとんかつ弁当を手にして帰宅した。

奥のリビングは暗いままだが、洗面所には灯りがついていた。怪訝《けげん》に思って覗くと、いつもならまだ帰宅していないはずの紘子が洗面所にいて困惑してしまう。

持っていたコンビニのレジ袋を後ろ手に隠して、「早かったな」とその困惑をごまかすように紘子の背中に声をかけた。航平の食生活について、もうあれこれ言わなくなった妻だった。だがさすがにコンビニ弁当ではあまりにもわびしいんじゃないのと、そんなことを自分よりもずっと忙しく働いている妻に思われたくなくて、反射的に隠したのだ。

紘子はスーツの上着を脱いだブラウス姿で両腕を洗面台につき、俯《うつむ》いた状態で立っていた。

「なんかあったんか？」

俯いたまま首を横にふるばかりで、紘子はふりかえりもしない。

「飯は食うたんか？」

紘子はまた同じように首をふった。

「俺もこれからや。一緒に食うか」と言いつつ冷蔵庫の中味を思い浮かべる。「たまには」とつけ加えた声が小さくなる。

「なんも、ないから」

静かに言った紘子の声が少し掠《かす》れていた。それで気がつけばよかったのに「なんだ、風邪でもひいたんか？」と、航平は的はずれなことを訊いてしまった。

「だから、もう、そっとしておいてよっ」

顔をあげた紘子と鏡越しに目があった。いつもより丸まった背中もその声が掠れていたのも、泣いていたからだと、そのときやっと気づいた。

何があったのかなんて訊けなかった。そっとしておいてくれと言われたからではない。

自分が抱えているたとえば虚無感と比べたら、紘子の悩みのほうがずっと実のあるもののように思えたからだ。

結局、紘子とそれ以上は話さないまま食事をすませた。

同い年の紘子と結婚したのは航平が教師として採用されて五年目、二十八歳のときだった。子どもはいない。彼女はずっと民間の会社で働いている。二度ほど転職をしたのち、十年ほど前にキッチンメーカーの会社に移った。そこで今はなんらかの役職についている。

以前は、互いの仕事のこともよく語りあったのにと、ふと思う。

翌日、校門脇の桜の葉は、紅く色づきはじめていた。

朝食はいらないからと、紘子は航平よりも早くに家を出た。その背中に向かって航平は、「いってらっしゃい」と声をかけるだけで精一杯だった。妻が泣いていた理由もまともに訊きだせないくせに、自分ばかりが割を食っているような気分だった。そんな矛盾と虚しさを拭えないまま、一日を過ごした。

腕時計を見ると、七時を五分ほどすぎていた。航平の脳裏にふと渡船場の光景がよぎる。どういうわけかあの光景は航平の心にしっくりときて、まるで呼び寄せられるような気持ちになる。そして老婆の顔が浮かんだ。

老婆はいつも何時ごろまであの場所にいるのだろうか。どれくらい待って、息子を迎えるのだろう。

航平は渡船場へ向かった。

途中、自販機に立ち寄り、かばんから財布を出す。黒い長財布だった。紘子が誕生日だからと買ってくれたものだ。たしか鶴浜に着任する前年だったから、四年は経つ。端っこがわずかにひしゃげ、ところどころに傷を作った牛革の表面には、真新しいときとは違った味わい深い艶《つや》があった。

そういえばこの年、自分は紘子の誕生日に何を買ってやったっけ。記憶を手繰《たぐ》るがまるで思い出せない。夕飯を食べ終わったあとの食卓で、この財布が入ったラッピングされた箱をそっと差し出してきたときの紘子の笑顔——まるで、いたずらがみつかったときの子どものように首をすくめて笑っていたことは覚えているのに。最近では食卓で微笑《ほほえ》みあうことなどすっかりなくなっている。そんなことを今さらのように考える。

財布から小銭を出して自販機に放り込んだところで、ミルクティーが売り切れていることに気づく。たったそれだけのことで、日常のなかにあたりまえに存在しているものも、いつかは消えるのだと思ってしまう。

航平は、もう一度自販機をみつめる。

渡船場のひんやりとした空気を思い出して、小さなペットボトル入りのあたたかいお茶を買った。そして渡船場へと急いだ。

道すがら、金を出して水やお茶を買うようになったのはいつのころからだろうと考える。航平が子どもだったころ、自販機で飲み物を買うのは、家にある水やお茶以外のものに限られていた。そう、航平と航平の家族にとっては特別なことだったのだ。

渡船場につくと、舟の灯りが黒い水面をゆっくりと滑っていくのが見えた。空には雲が広がっている。ベンチに座る老婆を渡船場の蛍光灯の光が包んでいる。

航平は近づいて「こんばんは」とひと声かけてベンチに腰を下ろした。

老婆は指の肚で頬を擦《こす》って「ああ、今夜も」と変わらず呟く。

「息子がいつも遅くてなぁ。あれじゃあ、体を壊してもしかたないんよぅ」

こんな話は初めてだった。どこか老婆の声はか細くて、だれもいない渡船場の薄い壁に吸い込まれるようだった。

「息子さんはそんなに遅い日が続いてるの？」

「若いくせに、すぐにしんどいって言うからさぁ」と、そこで老婆は、大きなため息をついた。

すぐにしんどいと言う息子に対して、呆れているのかと思った。だが肩を落として座る姿は、何かを悔やんでいるようにも見える。

「なあ、あんたは」ぽつりと老婆が言う。「ちゃんと相手の話を聞いてるかい？」

「え？」

ちゃんとさぁ、と小さな声で呟き、また息をつく。

「ものごとにはなんでも理由があるもんや。わかってるつもりでも、なんもわかってないこともあるんよぅ」

老婆の目が、川のもっと向こうをみつめている。

そんなはずはないのに、なんだか紘子とのことを言われているような気分になる。初めて出会ったとき、老婆はいい月が出ていると言った。見上げると、久しぶりにきれいな月を見た気分になったなと思い出す。老婆の言葉はまるで何かの符号のようだ。

「ミルクティーが売り切れてたんだ」

そんなこともあるよ、と老婆が笑みを浮かべて言うのをほんの少しだけ期待する。

ところが老婆は、すまなそうな顔をして航平を見上げた。

「私はなんもしとらんから、なんもなくても大丈夫。いつもおいしいもんいただいて、贅沢《ぜいたく》させてもらってるよぅ」

「贅沢……なんてことはないよ」

多分それは子どもだったころの航平と、航平の親たちの世代の感覚だ。たとえば航平が日々接している中学生や、同僚の杉山だと、それが「贅沢」という言葉と結びついたりはしないだろう。

「それに今夜はお茶なんやけど」

航平が差し出したペットボトルを、老婆は両手で包み込むようにして受け取る。

「あったかいよぅ」

やっと老婆は微笑んだ。そのあとぽつりと、「今はお茶も、お金を出して買う時代なのかねぇ」と、道すがら自分が考えていたのと同じようなことを呟いた。

航平はなんだかうれしくなって「贅沢だよな」と笑った。

そんな航平を見て、老婆はさらににっこりとした。

不意に昔、病床にある母の喉を潤すために、航平が缶ジュースを買ってきたときのことを思い出す。贅沢させてもらってるよねぇ、と母は弱々しい笑みを浮かべた。もしも母が生きていたらと夢想する。あのころのように自分がしてやる些細なことのひとつひとつに笑みを浮かべて、すまないねぇ、と言うんじゃないだろうか。

もしも母なら――。母親なら、息子のことはいくつになっても気がかりなのかもしれない。

航平は老婆に向き直り、息子さんは何時に帰ってくるの？　と、思い切って訊いてみた。

「今夜も残業だねぇ」と言って、老婆は目を伏せる。

「ずっと待つつもり？」

「そうだねぇ。もっとあの子の話を聞いておくんだったよ」

「何時になるかわからないってこと？」

老婆はそれには答えない。ペットボトルを胸に抱えている肩が小さくふるえていた。寒いのだ。そう思った瞬間、「もしあれなら、俺、家まで送っていってやるよ」と言葉が滑り落ちた。

「いいや」

老婆は口もとをきゅっと結び、ペットボトルを小さな手提げ袋のなかにしまい込んでいる。そして、よっこらしょ、と小さな声で言って立ち上がった。

「あんたは次の舟で帰るといいよ。私も今夜はもう家に帰るから」

「でも」

「少しでも早く帰って、早く寝るんだよぅ」

老婆の目尻は下がっていた。

心配していたつもりの自分が逆にこんなふうに気遣われている。かなわないな、と思いながら航平は、歩きだした老婆の背に向けて「おばあちゃんも気をつけて」と声をかける。

老婆の背中は曲がっているが、足取りは意外にしっかりしていた。

老婆はこれからも息子を迎えにここにやってくるのだろうか。もっと寒くなったらどうするつもりなのだろうか。使い捨てのカイロでも持たせてやろうか。きっとミルクテイーよりも役に立つかもしれない。
秋がすぎるのは、考えているよりもずっと早い。

数日後に渡船場を訪れると、老婆はやはりベンチに座っていて、航平も懲《こ》りずにその横に腰かける。空を見上げると、大きくて丸い銀色の月が出ていた。その前をゆっくりと雲が流れていく。

やっと届きそうな声で「今夜も」と言ったきり、老婆は黙り込む。

航平がどう言葉をかけたものかと考えあぐねているうちに、舟を待つ人の姿が増えていた。

「やあ、にいちゃん、今夜もこっちから帰るんか?」

初めてここを訪れたときに同じ舟に乗った、あの作業着姿の男だった。何度かここを訪れるうちに言葉を交わすようになっていた。

男は作業着のうえからジャンパーを羽織っていた。首から白いタオルをかけているのは、初めて会ったときからずっと変わらない。タオルの端には藍色の文字が見え隠れしている。きっとどこかの会社か店の粗品だろう。

曖昧《あいまい》に頷いて航平は、老婆を見る。

「そろそろあんたは帰ったほうがいいよぅ。今夜はなんだか疲れてるみたいやし」

「そんなことはないけど」

「いいや」老婆は唇を真一文字に結ぶ。そして「年寄りの言うことは聞いといたほうがええんよぅ」と言ったあと、笑ってみせる。

航平も思わず微笑み、「じゃあ、そうするか」と言って立ち上がった。「おばあちゃんも、寒くなるからほどほどに」

老婆は小さな瞳で瞼《まぶた》を押し上げるように航平を見上げ、指の肚で頬をさする。

「ああ、今夜も」

気詰まりな時間から息子を解放してやるような笑みを、老婆は浮かべていた。

やがて舟がついて、男とともに乗り込んだ。

十数人ほどの乗船客がいた。エンジン音を立てて舟が動きだした。ベンチに座った老婆の姿が次第に小さくなっていく。

「あのばあさん」

先ほど航平に声をかけてきた男が言った。

「いつもあそこにいますよね。息子さんを迎えにきてるとか」

「ああ、俺はもう十年ほどこの舟をつかってるけど、二、三年前からよく見かけるようになったなぁ」

「息子さんは？」

「多分、セレディックで働いてると思うんや」

「セレディック？」

「ほら、あの工場」

男が指した先に、ひときわ大きな工場があった。建物の上にライトアップされた大きな看板があって、「セレディック」とゴシック体のカタカナで書かれているのが見えた。

「あの工場なあ、もともとはあそこまで大きくはなかったんや。それがあるとき工事が始まったなと思ってたら、みるみる大きくなっていったんや。夏は夜も工事してたよ。そんなとき、ふと見たらあのばあさんがベンチに座っててよ。それが何日か続いたからさすがに気になって俺も、だれか待ってるんかって訊いたことがあった。そしたらばあさん、あそこを指して『息子が』って」

風が航平たちの脇を吹きぬけて、川に映りこんだ月がほんの一瞬ぐにゃりと歪む。

「息子があのセレディックの工事でもしてるんかと思ってたけど、工事が終わってからもばあさんはここにやってくる。でも、息子のほうは一度も見たことがねえ。俺が乗る舟に乗ってへんだけかもしれんけど、でも、この三年ほどのあいだ、一度も見いひんのや」

男は首にかけたタオルで顔を拭いている。決して暑くもないのに、そうでもしないと間がもたないとでもいうように。

「ところでにいちゃん、このへんで働いてるの?」

「ええ、まあ」

男は作業着姿でもスーツ姿でもない航平をまじまじと見た。

「もしかして学校の先生?」

やっぱり雰囲気でそう見えるのかなと思っていると、「前にもさあ」と男が続けた。

「どっかの小学校で働いているっていう先生がときどきこの舟に乗ってたんや。社会見学とか言うてたなあ」

「その人は?」

「そういえば今年になってから見いひんなあ」と男は首を捻《ひね》る。「にいちゃんよりもちょっと若い感じやったけど」

どこかの小学校の教師をしているその男の目に、息子を待ち続ける老婆の姿はちゃんと見えていたのだろうか。

舟のエンジン音が低く唸《うな》った。そろそろ岸につく。

航平は目を細めてさっきまでいた向こう岸を見る。老婆の姿は渡船場の灯りの下で、小さな白い塊《かたまり》のようにしか見えなかった。

文化祭の準備に追われ、遅い日が続いた。一年生は学年全体で、といっても二クラスしかないが、その二クラスが合同でモザイク画を作ることになっていた。模造紙六枚分の大きさで、学年の教師たちで選んだ体育祭のときの集合写真をモチーフにする。杉山が画像をパソコンに取り込み、割りふりを決めた。B6サイズの紙に細かい碁盤の目のような線が描かれ、なかを決められた色で塗りつぶしていく。ひとりに割りあてられているのは六枚から七枚だった。

その日は学校をあげて、六時間目の学級活動の時間を文化祭の準備にあてていた。

生徒たちはみな、与えられた紙に色をのせていきながら、出来上がりを楽しみに取り組んでいた。完成図は生徒たちには知らされていない。

なかには不器用な子もいて、力を入れるたびに色鉛筆の芯を折ってしまったり、枠からはみ出したと言っては消しゴムで乱暴に消し、紙を破いてしまったりしていた。そんなことがあるたびに教室のなかに和やかな笑いが起こる。

「お前、またかよ」などと言いながらも責めるのではなく、「ちょっと貸してみろよ」と言って、破れた紙の裏側にセロハンテープを貼ってやる子もいる。

航平も色鉛筆を手動の鉛筆削りで削ってやりながら、つい笑みがこぼれる。

生徒たちのこういう姿を見るのはなかなかいいものだ。大人になりきっていない、といって、まるっきり子どもでもない。そういう狭間《はざま》にある子たちの、あどけない善意。

「何するねん!」

甲高《かんだか》い声があがったのはそんなときだった。見ると、玲雄が手に持った紙を引きちぎるように破っていた。

「やめてよ！」

女子生徒が叫んだ。

航平は慌てて玲雄に近づき、彼を羽《は》交《が》い絞《じ》めにした。

「離せよ！」

叫んだ玲雄を、周りが押さえ込むかのように「お前が悪いんやろ！」などと、口々に言っている。

「いいから、みんな、いいから。黙って作業、続けてくれ」

航平はクラスの生徒たちにそう言って、玲雄を後ろから引きずるようにして廊下に出した。

玲雄はすぐに抵抗することをやめたが、航平を睨《にら》みつけるように見上げた。

「どうせ、怒られんのは俺ばっかり」

「でも、何か理由があってやったことやろう？」

玲雄は、ちっ、と舌打ちをし、「理由なんて」と唇を尖らせる。

「理由もないのにあんなことをするのか？」

足もとに視線を落として、俺を邪魔者扱いしたから、と玲雄はぼそりと言った。

どんなふうだったのかは詳しく訊かなければわからない。でも自分を邪魔者と感じさせるような言動が周りにあったのなら、それは、この子にとってずいぶんと心が痛いことだろうと思う。

「なあ、坂下」

玲雄の顔を覗き込む。ポロシャツは相変わらず汚れていて、ボタンもはずしている。その隙間から見えた肌には掻きむしったような傷がいく筋もついていた。

「それ」航平は玲雄の胸もとに手を伸ばす。

玲雄は手をはたいて、廊下を走っていってしまった。

隣のクラスから杉山が顔を出した。

「何かありましたか?」

「いや」

玲雄を追いかけたかったが航平は、何事もなかったかのような素振りで教室に戻ろうとした。その背を杉山の声が追いかけてくる。

「今、坂下が走っていきましたよね」

「トイレや。あいつ、トイレをずいぶんとがまんしてたんや」

「授業中に、しかたのないやつ」

教室にいったんは引き返そうとした杉山が、航平をちらりと見て言った。

「先生って、ほんま甘いですよね」

　そういうことを言われるたびにかちんときていたのは、もう何年も前のことのように思う。所詮、価値観が違う、と航平はある種の諦めのなかで聞き流した。

　気がすんだのか杉山は教室に戻り、航平は廊下のつきあたりに目を凝らした。トイレのなかに消えていく玲雄の背中が見えた。

　チャイムが鳴った。作業を終わらせ片づけると、モザイク画を作るのに必要な紙や大量の色鉛筆を入れた段ボール箱を抱えて教室を出た。途中、トイレを覗く。そこから出てこようとした玲雄と出くわす。

「大丈夫か?」

　玲雄は「ああ」とぶっきらぼうに言って、歩きだした。

　彼が清潔ではないことでクラスの生徒たちは距離を置いているところもあるだろう。だが、それをどう話せばいいのだろうかと考える。このあとはホームルームをやって生徒は下校になる。

　玲雄は俯いたまま廊下を教室に向かって歩いていく。

　彼が今一緒に住んでいる、従兄にあたる二年生のほうの坂下は、成績もよく、運動もそこそこできる優等生で、特に服装の乱れがあったり、忘れ物が多いといったようなことはなかった。どういう経緯で玲雄だけが伯母の家に預けられているのかはよくわからない。わからないが、伯母というのは祖母よりも甘えにくい存在なのではないか。

「坂下」気がつくと呼んでいた。

もう教室の入口近くまで行っていた玲雄がふりむいた。

「放課後、職員室に寄ってくれへんか」

玲雄が小さく頷いたのが見えた。

段ボール箱を抱え直し、航平は廊下を折れ、渡り廊下を歩く。その窓から見える校門脇の桜の木が、燃えるように紅く色づいていた。

放課後、いくら待っても玲雄は職員室にあらわれなかった。

航平は何度か廊下に出て、辺りを見まわした。何度目かに渡り廊下の向こうまで行った。教室の前の廊下は静まり返り、冬枯れのような匂いの冷えた空気が漂うばかりだった。念のため覗いたトイレにも人の気配はまるでなかった。

しかたなく職員室に戻り、時間を見計らって坂下家に電話をかけた。七回ほどコール音が続き、あとでかけ直そうかと思ったとき、はい、とくぐもった声が聞こえた。

「坂下さんのお宅ですか」と言い、自分の名を告げる。最後まで言い終わらないうちにため息が聞こえた。

「なんだよ、コウヘイかよ」

「なんや、坂下か。今日、なんで来なかった?」

「時間がなかったから」

「でも何も言わんと帰ってしまうこともないやろう」

「そうやけど」と言ったきり玲雄は無言になる。

受話器の向こうから絶えず流れる水の音が聞こえた。少しして水音は止まる。

「洗濯か？」

「うん、まあ」

「そんなに慌ててやることなのか」と言いながら、自分にも昔、そんなことがあったなと思い出す。

学校から帰って夕飯までのほんの一、二時間、家でひとりきりになる時間帯があった。母が亡くなったあと、遺された父とふたりで過ごしたのは三年ほどで、高校生になると父は再婚した。父の再婚相手はいちおう母親らしく食事の用意をしてくれたが、洗濯は頼みづらくて自分ですることがほとんどだった。そんな航平に新しい母は何も言わなかった。父は多分、気づいてもいなかったと思う。

しばらく沈黙が続く。口を噤《つぐ》んだまま航平を見上げる玲雄の顔が目に浮かぶ。規則正しく攪拌《かくはん》する音がかすかに聞こえていた。

「明日やったら放課後、来れるか？」

少し間があって、うん、と聞こえた。

迷っているようにも困っているようにも取れる声だったが、敵意は感じられない。

「ほんなら、待ってるから」

航平が受話器を置く前に、電話は切れた。

翌日の授業の準備を終えて、航平は職場を出た。六時半すぎで、いつもより少しだけ早い。バス停ではなく渡船場を目指す。行く道々、ふと、老婆は何年も息子と会えていないのではないかと、そんな考えがよぎった。「もっとあの子の話を聞いておくんだったよ」と老婆が言ったことを思い出す。どんな事情があるのかはわからないが、なんとか老婆が息子と会う方法はないものかと思う。そうしていつもの自販機の前まで来ると、ちゃんとミルクティーは売っていた。

忘れられたような小路にある自販機でも、こうして品切れになったドリンクはちゃんと補充されていることを知ると、なんだかほっとする。

団地群をすぎていく。木造の古い平屋が軒を連ねている通りに入った。電信柱がところどころにあって、道を覆ったアスファルトの割れ目から露出した土に雑草が生えている。見上げると、風に煽《あお》られて電線が揺れていた。

渡船場の手前まで行くと、ベンチに座っている小さな人影が見えた。

近づくと老婆が顔をあげ、おや、という表情を浮かべた。

「おばあちゃん、今夜は息子さん、早く帰ってこられそうなの?」

航平がベンチに座ると、老婆は首をかしげ、「あんた、今日はなんかあったのかい?」と、そんなことを言う。

息子のことをもっと訊きだそうと思って言葉をかけたはずなのに、逆に、自分の心のなかを見透かされたようで、はっとする。

「なんか、っていうか」

「仕事が忙しかったのかい? それとも難しいことでもあるのかい?」

だれかからそんなふうに訊かれたのは初めてだった。

「どっちかと言えば、難しい、かな」

「そうかい。そんなときはひとつずつ、ばらして考えるんよぅ」

「ばらす?」

「いっしょくたに見てたらなぁ、あかんのや」

「なるほどな」

航平はかばんからミルクティーを取りだした。プルタブを引いて、老婆に差し出す。

老婆は、すまないねぇ、と頭を下げて、それを受け取った。

「いや、いいんだ」

航平はいまだ、老婆に自分がどんな仕事をしているのか話していない。それなのに彼女の言葉はいつも、航平の気持ちをうまくほぐしてくれる。

ミルクティーを両手で抱えている老婆の肩が、いつもよりすぼまっていた。寒いのだろう。川から吹きつける風がいつもより濃く潮の香りを含んでいる。

航平は腕時計を見た。舟がやってくるのは五分後だと確認して、「ねえ、おばあちゃん」と声をかけた。

「ああ今夜も、残業かねぇ」

前に来たときよりも気温は低くなっている。だが老婆は薄いカーディガンを羽織っているだけだった。

「ねえ、寒くなるし、こんな薄着じゃ風邪ひくよ」

違う、そうじゃないんだ、と思う。なんで肝心なことは言えないのだろう、と自分が情けなくなる。それでも、今は、今こそはちゃんと言わないと、と気持ちがはやる。するると老婆は「あんたこそ、こんな時間にコーヒーなんか飲んで。眠りも浅くなるやろう。体に毒じゃないか」などと言う。口調こそそっけないが、その眼差しは優しかった。

なんだか航平はたまらない気持ちになった。

「行こうよ、こっちから」

一瞬、風の音が消えた。

老婆はじっと航平の顔を見上げている。口もとからは笑みが消えて、何を言われたのかまったくわからないという表情になった。

どうしても老婆を息子に会わせてやりたい。航平はそれだけを強く思った。

「俺、一緒に行くから。ね、息子さん、捜しに。ねえ、行こうよ」

老婆の顔が強張った。弛《たる》んだ瞼の奥の小さな瞳が、初めて強い光を放ったように見えた。

「息子さん、帰ってこないなら、こっちから捜しに」

老婆が、ぷい、と顔をそらした。

ひとことも言葉を発しないのに、はっきりと拒絶されたことを感じた。それでも航平は引かなかった。立ち上がり、老婆の前に跪《ひざまず》くようにしゃがんで、その手を握った。

「おばあちゃん」

やっぱり老婆の息子は何年もここには戻ってきていないのだ。このあいだ舟で乗りあわせた男は二、三年前から、老婆がベンチに座る姿を見ていると言っていた。このままだと、今よりももっと寒くなっても、老婆はひたすらここで待ち続けるかもしれない。

握った老婆の手は指先まで冷えきっていた。

「なあ、おばあちゃん」

「ああ、今夜も」老婆は目を伏せた。

「今夜も――何？ ずっと待ってたって息子さんは帰ってこないかもしれない。それやったらこっちから行ってやろうよ」

老婆の手に力がこもった。そして首を横にぶんぶんふった。

「今夜も、今夜も」何度も老婆は呟いた。

「今夜もあの子はちゃんと戻ってくるんや。だからわしはどこにも行きはせん。ここにおるんや」

エンジン音が近づいてくるのがわかった。やがて舟がついて、数人の乗船客が降りてきた。板張りの床を踏みしめるいくつもの足音は砂利《じゃり》を踏む音に変わり、だれも航平たちを見ることもなく遠のいていった。

それから何度か渡船場を訪れた。途中にある自販機にミルクティーはちゃんと売られていて、毎回何かを切望するように同じものを買い、かばんに放り込んで道を急いだ。

校門脇の桜から落ちた赤や橙の葉が地面を埋めつくしていた。

クラスで玲雄を仲間はずれにするような空気はいつしかおさまっていて、ときおり彼に話しかける子の姿も見受けられた。それでも航平と目があいそうになると、玲雄は視線をそらしてしまう。

家では相変わらず紘子のほうが帰宅は遅かった。帰ってきた紘子に「ごはんは？」と訊かれ、「食べたよ」と答えて「風呂、入れてくるよ」と立ち上がる。

あの夜、なんで泣いていた？　と訊くこともできないまま、代わり映えのしない日々を過ごしていた。

老婆の姿はあれから一度も見ていない。

そしてある日の放課後だった。職員室に戻ると杉山が航平を呼んだ。彼の席は航平の向かい側だった。

「どうかしたんか？」杉山はなんだか元気がない。

「今日も坂下がボタンをはずしてたから、注意したんですよ」

いつもみたいに文句を言いたいわけではないことが、その声でわかる。だが航平は「それは、すまなかったな」と詫《わ》びる。労《ねぎら》う気持ちもあった。

「いや、それはいいんですけど」と言って、杉山は続けた。

玲雄は杉山が何を言っても、鼻で嗤《わら》うような感じだったのだそうだ。そんなふたりの様子を見ていた杉山のクラスの枝本《えだもと》という男子生徒が、先生はずいぶんと嫌われてますね、と言ったという。

「枝本が、か」

枝本というのは学級委員長をしている生徒だった。常に成績は学年でトップ。陸上部に在籍していて、長距離を得意としている。少し大人びたところがあって、正義感も強く人望もあった。そして教師にも周りの友達に対しても、不用意に相手を不快な気持ちにさせるようなことは言わない。

そんな生徒に「嫌われてますね」などと言われるのは、杉山にとって不本意だろうし、普段の枝本なら、たとえそれが事実であったとしても言わない。多分。

「珍しいな。枝本でも虫の居所が悪いなんてことが、あるのかな」

「ていうか、俺、そういうの面と向かって言われると、ちょっとメンタルに来るんですよね。しかも、相手があの枝本となると、なおさら」

杉山はすがるような目をしていた。

かわいいところがあるもんだ。「やっぱり若いな」と言いそうになって慌てて言葉を呑み込んだが、つい口もとが緩む。

「結城先生?」咎《とが》めるような口調だった。

「ああ、すまない。いや、大丈夫や。杉山先生は嫌われてなんかないよ」

「なんでそう思うんですか?」と杉山は言うが、心なしかその表情が晴れていくように見えた。

「枝本にも何かおもしろないことがあったんやろ。だからそんなことを言うた。できれば、何があったんかをさり気なく訊きだせるとええねんけど。坂下かって、嫌いやからそういう態度をとってるわけでもないやろ。やっぱり理由があるんや」

「理由、ですか……。坂下は伯母さんのところに預けられて、ひねくれてるんですかね。

あいつの母親ってどうなってんでしょう」

「あいつを置いて勝手に家を出たわけやないやろ。自分ではどうにもでけへん事情があって、だから息子たちを自分の母親と姉に預けた。あいつが前にいた中学に問いあわせても、向こうはちゃんと答えへんし、今、保護者になってる伯母もそうや。だから詳しい事情はわからへん。本人にもどんなタイミングで、どういう訊き方をすればいいのかって思うしな」

「ええ？　先生、坂下が前にいた中学にまで問いあわせてたんですか？　どうせあいつら、あと半年もしたら第三中学の生徒ですよ。そっちに任せたらいいやないですか？」

「どうせ自分のもとを離れるからなんて思ってたら、そのときどきで教師がかかわる意味なんてないやろ。それにな、どんな母親も考えてるんや。自分の子どものことは」

どんな親でも子どもがどうでもいいなんて考えてはいない。それは航平自身がいつも信じたいと思っていることだ。

「それはそうかもしれないですけど」杉山は考え込むような顔つきになる。

「そういえば先生って、お子さん、いないですよねぇ」

「それが、なんだ？」

「いや、その、なんでそんなふうに考えられるのかなって。自分はどうしても、保護者の悪い面ばかり見てしまうから」

「まあ、必死で仕事してたら、そういうこともあるよ」

こんな話を同僚と、しかも自分よりも若い人間と話すことがとても久しぶりのような気がした。

「わからんかったら本人や保護者と、とことん話したらええ。それだけのことや」

「とことん話す……」

そう呟いたあとも杉山は、でも話すって言うてもなぁと、ひとりごとのようにぶつぶつと言っている。

そんな杉山の姿を微笑ましく感じながら、人の気持ちの奥なんて、本当はわからないのかもしれないけどなと思う。

玲雄の母親だって、実際にはどこまでどう考えているのかはわからない。だが機会があれば直接会って、話を聞いてみたいと航平は考えている。あの老婆だって理由があるから、ああして息子を迎えに渡船場に来ているのだ。

生徒は三年経てば卒業していく。いずれは自分の手を離れる。それまでのあいだ、新しい環境のなかで生きていく力を育むために自分はこの仕事をしているのだと思う。それなら閉校になるとしても変わらないではないか。理不尽な配置換えというよりも、そこに絡む大人の思惑に腹は立つが、目の前にいる子どもたちに対してやるべきことは変わらないはずだ。

その日、仕事を終わらせると、航平は渡船場へ向かった。

七時を少しすぎていた。いつもの自販機の前で足を止める。今日こそ老婆に会えたらと祈るような気持ちで航平は百円玉を放り込む。音を立ててミルクティーの缶が落ちてくる。

もしかしたら風邪でもひいて、しばらく家で養生していただけかもしれない。それにひとり暮らしとは限らない。実は息子のほかに娘もいて、夜に老婆が散歩していることもちゃんと知っている——とは考えにくかった。秋が深まってもあんなに薄着のままで、しかも夜に。家族がいれば、そんなふうに年寄りをたったひとりで外に出させるだろうか。

ひとり暮らしなら、近所に住む人がときどき家を訪ねることもあるだろう。でなければ民生委員とかあるいは役所の人間とか、お巡りさんかもしれないが、老婆の家をときどき見てまわっているかもしれない。そうして老婆が体調を崩していることを知る。しばらくは家で寝ていたほうがいい。そんなことを言われて、老婆は布団のなかで休んでいるのかもしれない。

名前も知らない老婆の生活を、あれやこれやと勝手に想像する。そうして、だからもしかしたら今日はいるかもしれないと、根拠のない楽観的な考えに辿《たど》りつく。

このあいだはすまなかったと、まずは謝ろう。それから、息子さんはお酒は呑むの、でもいいし、息子さんの好きな食べ物は何、でもいい。老婆が息子の話をしてくれたらいいなと思う。

目の前に川があらわれて冷えた風が頰を掠め、だれも座っていないベンチが見えた。とぼとぼとベンチに近づいた。

舟が出るのは十分後だった。しばらく待とうと思ったとき、背後から「今日はえらい疲れたなあ」と声がした。

「ほんまにこの歳になって、新しい機械ってなあ」と別の声が応えている。

ふりむくと以前、舟に乗りあわせた作業着姿の男がいた。男はやはりジャンパーを羽織り、相変わらず白いタオルを首にかけていて、航平の顔を見ると、よお、と右腕をあげる。

一緒にいるのは彼と同世代に見える男だった。同じように作業着を着て上からジャンパーを羽織っている。そして銀縁のめがねをかけていた。

「こんばんは」

「にいちゃん、久しぶりやなあ」

親しげに男は言った。

「いつもここに座っとったばあさん、もうここには来んよ」

「え？　なんで？」老婆の身に何かあったのだろうか。それとも——。

「息子さんが、もしかして」

ところが男は首を横にふって、「ほんまは、おらんかったんや」と淋《さび》しそうな顔つきになる。

「おらん？　存在しないってこと？」

「そうやなくて、十三年前に仕事場の工場で倒れてそれきりやそうや。それまでずっとあのばあさんとふたりで暮らしてたんやと」

「それで息子さんがまだ生きてると思って？」

男は首をかしげ、迷っているような眼差しを航平に向けた。そして、ぽつりと、「足に障害があったんやて、息子」と言った。

いつもは陽気にしている男の目尻の皺に、疲れが滲んでいる。航平にはそれが、生きてきた年月の重みのように感じられた。

「それでもばあさんとの暮らしを支えるために働きに出てたんや。セレディックにな。大きな工場で従業員もたくさんおる。障害のある人も積極的に受け入れてるらしいけど、実際はなかなか従業員には厳しいって、業界ではけっこう知られた話でな」

ここを訪れて老婆は、不自由な体で働きに出ていた息子を守れなかったと、自分を責めていたのか。「贅沢させてもらってるよう」と言ったのには、そんな意味があったのかもしれない。

「ばあさんには、結婚して離れたところに住んでる娘がおって、その娘から聞いたんやけどな」

「そうやったんですか」

ひとつ頷いて、男は話を続けた。

娘は老婆の様子を見に、折にふれて帰ってきていたらしい。三年ほど前、老婆が突然、「あの子を迎えに行かんと」と言いだしたことがあった。驚いたが、娘が「お兄ちゃんはもう十年前に亡くなったんよ」と話したら、老婆は「ああ、そうやった」とそのときは納得したそうだ。

足腰もしっかりしているし、受け答えもはっきりしているからと、娘のほうも、ときどき実家に戻ってくるだけでだましだまし過ごしていた。ところが、ここに毎日のように来ていることがわかって、もうひとりでは置いておけないと思ったという。

「三年前──。いったい何があったんでしょうね」

「あらためて考えると、あの工場の工事が始まったんはちょうど三年前やったなって」

「でももしかしたら、それ以前にもときどきここに来ていたのかも」

なんとなくそんな気がした。ここに座って、死んでしまった息子の面影を追っていたのかもしれない。

「そうかもしれんなぁ。ばあさんも最初は息子が亡くなったことはわかってたんかもな。

そのうち工事が始まって。大きくなっていく工場を、どんな気持ちでここから見てたんやろうと思うよ」

老婆は、息子は三十三歳だと話していた。それは十三年前、亡くなったときの年齢だったのではないか。ということは、生きていれば航平と同い年だ。

三十三歳といえばまだまだ体力も未来もある。その年齢だったころの自分は、今よりもずっと忙しくて難しいこともあったけれど、充実していたなと思う。

そこで航平ははっとする。息子は母親との暮らしを支えるために、不自由な足で働きに出ていたのだ。彼にはどんな未来が見えていたのだろう。

老婆が最後に見た息子は――笑っていたのだろうか。

「それで、あのおばあさんは娘さんと暮らすことに？」

「ああ。先週の土曜日やったか、引っ越していったよ」

「じゃあ、安心やないですか」

「でも向こうに行けば、嫁の親ってことになるやろ。いろいろと気もつかうんちゃうか」

自分の身に置き換えて考えると、航平の家に紘子の母親が同居する形になる。いや、もしそれが自分の母親だったとしても、何年も離れて暮らしていたのがいきなり同居となれば、母親のほうも自分たちもそれまでとは変わってしまう生活に神経をつかうことになるだろう。

「あのばあさんのことも説得したけど、それ以上に旦那さんや子どもたちと何度も話して、やっとひとまず一緒に暮らせることになったみたいに言うてたんや。それにばあさんにしてみたら、もう何十年も住み慣れた場所を離れるわけやろ。一緒に住むことが決まってからは何を訊いてもばあさんは、すまないねぇとか贅沢だねぇしか言わんかったらしいよ」

息子の人生をそばでずっと見てきた老婆は、息子が決して戻ってはこない現実を、ちゃんと納得できたのだろうか。

「最後にばあさん、あの子はやっぱりもうここには帰ってこないねぇって言うたらしいで」

「息子さんのことを？」

「ああ、なんか納得したんかもしれんなぁ」

自分のせいだろうか。自分がこちらから息子に会いに行こうなどと言ったから、老婆は無理矢理、現実と向きあうようなことになったのではないだろうか。

「それでな、にいちゃん、その娘ってのが何回かここに来たんや。会わんかったか？」

航平は首を横にふる。

「お母さんにいつも声をかけてくれた男の人がいて、その人はいつもそばにいてくれたって。夜にコーヒーばっかり飲むことをたしなめてると、なんだか息子と話してるような気分になることがあったんやて。だから、息子が死んだことはわかってたんちゃうか。それでな、娘のほうが、ひとことお礼を言いたいってにいちゃんのこと捜してたんや」

「そんな、お礼なんて」

「それにいつか話した小学校の先生なあ、あの先生も、ここに来るほかの人も、だれもあのばあさんと話すことはなかったから、やっぱりにいちゃんとしゃべるんはたのしかったんやろ」

じっと黙って航平たちふたりのやりとりを聞いていためがねの男が、柔和な表情を浮かべたまま何度も頷いている。

「たのしかった、って……」と航平は言葉に詰まる。老婆と話すと気持ちが軽くなった。それだけではない。もっと違う何かが老婆と過ごしたわずかな時間のなかにあったのだ。だけどそれをうまく言葉にできず、航平は左手で無造作に顎《あご》をさわる。

そんな航平の顔を男はじっとみつめていた。目があうと人の好《よ》さそうな笑みを浮かべる。

もう顔見知りとはいえ、名前も知らない、たまたまここで行きあった男だった。だけどそんな人が自分を見てくれていたのだ。自分がいる世界は、そんなにしがないことばかりでもないじゃないかと思えてくる。

「そうやってこの辺りも人が減っていくんやな。まあ、しかたないこともあるんやろうけど、ほら、そこの鶴浜中学も閉校になるやろ。小学校に通ってる子どもは何人もおるし、まだまだこの地域に住んでる人もおる。この舟かって毎日毎日乗ってる人がようけおる。だからまるまる消えてしまっていい場所でもないのに。なあ」

男は、めがねの男を見た。

「ああ。俺の娘もそこの浜小《はま》を卒業して、鶴浜中に通っとった。俺もそうよ。かみさんも鶴浜の出身でなあ」

「じゃあ、今は？」と航平は訊いた。

「もちろんそこに住んどるよ。ま、娘は結婚して今は旦那の仕事の都合で東京やけど。俺は今夜は舟で向こう岸に渡って、こいつとちょっと一杯やって、また戻ってくるんや」

「そうなんですか」

「向こう岸の近くに安くて旨い店があるんや。女将《おかみ》もなかなかの美人やしなぁ」

そう言ってめがねの男は照れくさそうに笑った。

航平は、この町に根づいた暮らしの断片を初めて見たような気がした。和気あいあいと過ごしている鶴浜中学の生徒たちも、こういう地域のなかで守られているのかとふと思う。

「なあ、にいちゃん、ほんまは舟で帰ると遠まわりになるんやろ」

老婆に会うために渡船場を訪れていたことを見透かされていたのだろう。航平は気恥ずかしくなって、ごまかすように首をすくめた。

舟が近づいてくる。

「じゃあ、にいちゃん、元気でな」

男のこんな素っ気なさがありがたい。

航平は「いってらっしゃい」と男たちに笑顔を向けた。


男たちを見送ったあと、航平はもと来た道を引き返した。辺りはすっかり暗くなっていた。途中、白い光を放つ自販機の前をすぎる。

しばらく進むと大きな通りに出た。歩いていると前から猛スピードで自転車が走ってくる。ぶつからないように航平は、立ち並ぶ家々のほうに身を寄せて道を空ける。そのまま脇をすり抜けていくと思った自転車が、急ブレーキをかけて止まった。

「コウヘイ」

玲雄だった。

「どうしたんや、こんな時間に」

「あ、いや、今夜伯母さんも伯父《おじ》さんも帰ってくるの遅くなるんや。にいちゃん――あ、二年の従兄やけど、にいちゃんは塾。それで友達の家に遊びにいくことになって晩ごはんも一緒にって」

「伯母さんにはちゃんと言うて出てきたんか?」

「うん。あんまり遅くならないうちに帰ってこいって」

自分が知らないうちに、家に遊びに行き、夕食まで一緒にと誘ってくれるような友達ができていたのかと、うれしくなる。それにちゃんと伯母にも外出することを話しているのだと思うと、ほんの少し安心もした。

「制服のままでか?」

「え? ああ、まあ。ほかの服、今、洗濯してて」

そこで玲雄のブレザーの下のポロシャツに、ボタンがないことに気がついた。

「ボタン、ないんか?」

わざとはずしているわけではなく、取れてしまっているのだ。

「明日、俺がつけてやるから、そのシャツ、そのまま学校に持ってこいよ」

「え? えええ? コウヘイ、そんなことできんのかよ」

「あたりまえやろ」自信はなかった。紘子にボタンをつけてくれと頼んだジャケットも、結局そのままクローゼットの奥に眠っている。それでも「できるに決まってるやろ」とうそぶいた。

「ほんまかよ」

うれしそうに言って、玲雄が笑った。初めて航平の前で玲雄が笑った。

「あ、それから」と玲雄はつっと真顔になる。

「なんだ」

「今度、かあさんと会うんや」

それがどういう種類の「会う」なのかはわからない。だが、きっとそのひとつの予定が少年の気持ちを明るくしたのだろう。

航平はにっこりと笑って、「たくさん話してこいよ」と言った。

「うん」玲雄はまた笑顔になる。そこに尖ったものは何も感じられない、穏やかな目だった。

「じゃあ、気をつけてな。あんまり遅くなるなよ」

「伯母さんとおんなじこと言うなって。先生も気をつけて帰れよ」

おどけたように言うと、玲雄はまたものすごいスピードで自転車を漕いでいった。

中学生のまるで礼儀を無視したそんな物言いが、どこか愛おしい。

バス停につく。バスが来るまで七分。

だれもいない停留場に立って、辺りに目をやる。古い家並みが続く。毎日、何気なく通りすぎていたこの町に住む人々の生活が、航平のなかで輪郭を帯びてくる。

すると航平は、若かったころは結婚など望んではいなかったなと思い出す。自分の家族をつくるという人生を、とっくに諦めていた。大切なものはいつも自分の前から消えていく。そんな気がしていた。

それでも紘子と結婚したのは、紘子の前だと安心して笑うことができたからだ。母親を亡くしたあと、彼女と出会うまで航平は、世の中のたのしいことに無縁だと割りきってしまえば、何かを失うと怯える必要もないのだと思っていた。

紘子と一緒だと、テレビを見て笑い、つまらない冗談を言いあっては笑い、街を歩いているときでさえ、ちょっとしたことで笑った。こんなことがずっと続いていけばいいなと思ったのだ。

今だって、そう思っている。

この春から紘子は特に忙しくなっていた。なんでも、新しいプロジェクトが始まるのだと話していた。各部署からメンバーを選出してチームを構成するという、彼女が勤める会社では初めての試みで、そのリーダーに抜擢されたのだと、うれしそうに語っていたのは三月だった。紘子の姿は眩しいばかりで、自分からどんどん遠くなっていくように感じた。

そんな航平にとって渡船場は、世の中からゆっくりと置き去られていく場所のように見えていた。まるで自分の状況とおんなじじゃないかと、どこかで感じながら。

そうではない、と今は思う。大多数の人はバスや車を使っている。舟を利用するのは少数だ。それでも舟を必要としている人がいる。手書きの注意書きや、あの場所に据えられたデッキブラシやバケツには、今や、どこかぬくもりさえ感じる。舟を守る人たちの心根とでもいえばいいのか。ひとつの場所を守るということは、だれかの生活に寄り添うことなのかもしれない。

あのベンチに座り、老婆は、本当は何を見ていたのだろう。

自分ばかりが冷遇されていると感じて、仕事に向きあえないときもあった。根本的に何かを変えなければと思うのに、自分には力がない。そんなとき、老婆にまあまあくらいがちょうどいいのだと言われ、心が軽くなったこともある。大きなことばかりではなく、目の前の小さなことを大事にしようと思えたのだ。仕事場で倒れたという老婆の息子。倒れるほど疲れていた息子のことを気遣ってやれなかったと後悔して老婆は、いつもいたわるように航平と接してくれていたのかもしれない。

渡船場で老婆の横に座ると――ああ、そうだ、航平は自分のすべてが何かやわらかいものに包まれているような気持ちになっていたのだ。過去に躓《つまず》いた場所から動けず、うずくまっている自分。そのせいで、自分のなかでときどき止まる時間も、母との何気ない会話の記憶や、紘子の、どうってことはない笑顔をいつまでも抱え込む自分も、まるごと。

娘たちと一緒に暮らすことになって、すまないねぇ贅沢だねぇとばかり言っていたという老婆。自分ばかりが頼ってはいけないと思ったのかもしれない。それでも、気にかけてくれる身寄りがいてよかったと思う。

今の航平に家族は、紘子だけだ。

道路を流れていく車のテールランプを目で追いながら、スマホを取り出す。紘子を誘ってどこかで飯を食うのもいいかもしれない。飯を食いながら紘子にちゃんと訊こう。あの日、なんで泣いていたのかを。それから渡船場やそこにいた老婆や、舟のことを話そう。舟から見上げた空は、想像以上に大きくてなかなかいいもんだ、と言ってみよう。

そうして空を見上げる。月が出ていた。「ああ、今夜も」と、小さな声で老婆の言葉を真似る。ぽっかりと浮かんでいるのは、満月になる少し手前の十三夜月だ。

航平は紘子の携帯の番号を画面に出して、発信した。

眠るひと

玄関ドアを開けると、廊下はうす暗く静まり返っていた。

「ただいまぁ」と問うように言った藤枝泰子《ふじえだやすこ》の声は壁に吸いこまれ、廊下はまた、しん、とする。静けさよりも冷えた空気が気になった。

泰子は大阪市内の中学校で働いている。特に問題がなければ七時すぎには帰宅するようにしていた。母が夕食を一緒にとるために待っているからだ。

今年七十八歳になった母は、日中この家でひとりで過ごしている。足腰の痛みを訴えることはあっても大きな病気をすることはなく、頭もまだまだはっきりしていて元気だった。家事を完璧にこなし、とりわけ料理がうまく、帰宅してから食べる夕食はいつだっておいしい。

廊下の先にある、四人掛けのテーブルを置けばいっぱいになるダイニング。その奥の狭い台所からは、いつもなら聞こえてくる夕食の準備の音も、漂う匂いもしない。ただダイニングの黄色い光がぼんやりと廊下に洩れている。この家を建てるときに唯一、母がこだわって選んだというペンダントライトの光。

泰子は不意に四十年前のことを思い出した。

あれは泰子が小六のころだ。その日は身を切るような冷たい風が吹いていた。泰子が小学校から帰って玄関ドアを開けると、家のなかはうす暗くぬくもりが消えていた。しんとしていて、玄関に置かれた芳香剤の匂いだけが鼻についた。いつもは意識しなかった人工的な匂いのなかで、知らない家の玄関に立っているような気持ちになった。

そのときも奥にあるダイニングの黄色い光が灯ったままだった。泰子は乞うような気持ちで「ただいま」と言ったが、返事はなかった。

夕方六時になると母は必ず台所に立ち、夕食の準備をしていた。毎日バランスのとれたおかずがテーブルに並ぶ。味噌汁やスープの味も、肉や魚の焼き加減も絶妙だった。そして母は、いつも父と泰子のしぐさに注意を払いながらおしゃべりを続けた。

一方で、父は無駄話をせず、ひたすら食事を口に運ぶ。

これがわが家のいつもの食事風景だった。

そしてあの夜も、母は父の湯呑《ゆのみ》にこまめに茶をつぎ足し、泰子が醤油差しを目で追えば取ってくれた。父のすげないふるまいを半ば諦めている母が、必死で家族ごっこをしている。そんないじらしさを感じながらも、食卓が家族の幸せの象徴だといわんばかりの様子に、心の端っこでは苛立《いらだ》ちを覚えていた。

「お父さん、訊いてるの?」

母が咎《とが》める口調で言った。

適当に受け流せばいいものを、父は「考えごとをしてるんや」と、しかつめらしい顔つきで言った。

「何よ。家族のことよりももっと、考えないといけないことなんてあるの?」

泰子はソースを取ろうとして手を伸ばす。母が手に取って渡してくれたのは醤油差しだった。

「お前には関係ないよ」

そのとき泰子はといえば、クラスで一番仲がいいと思っていた友達と、ちょっとした行き違いがあったことをひどく気にしていた。

「そうやん。お母さんには関係ないこともあるよ」

思わず父に加勢していた。

母が泰子を見た。俯《うつむ》き加減になった母の瞳がやけに強い光を放っていた。母は唇をふるわせて「みんな自分のなかだけで考えて」と呟いた。

泰子は考えごとなんて自分のなかでするものではないかと思った。母が次に何か言ったら、お母さんに話してもしかたないよと言おうと考えてもいた。それなのに、そのあとの母の呟きを聞いて、泰子は言葉を呑み込んだのだった。

私も、だったようにも、私には、だったようにも思うが、肝心のその言葉は頭のなかで砕け散ったままの状態が続いている。

母がこの家から姿を消したのは、その翌日だった。

寒くて、背中がぶるっとふるえた。泰子は腕時計を見る。七時半になろうとしていた。母はどこかに出かけると話していただろうか。泰子はこのところ朝が起きづらい。だからどうしても出勤前の朝はばたばたとしていて、母が何か言っていたとしても聞き流してしまうこともある。でも、夕食どきになっても帰れないといった類のことを、聞き洩らしたりはしないと思う。

まさか家出なんてこともないだろう。けれど相手は、まだ小学生だった自分を置いて何も言わずに家を出た母だ。

泰子はあれから何年ものあいだ、母が家を出たのは自分のせいだと思っていた。父に加勢したことが母を哀しませてしまった。そう考える以外に、自分のなかで説明がつかなかったのだ。

だがさすがに今は、自分のせいばかりだと思ってはいない。些細なことの積み重ねが、予想もしなかったような事態を引き起こしてしまうこともあるのだと、今ならわかるからだ。

それにしても昨夜も今朝も、母の様子に変わりはなかったと思う。四十年前とは違うのだと笑ってすませたいが、心のなかはざわつく。同時にある種の苛立ちもあった。自分に都合の悪いことがあると姿を消す。それが母のやり口だったんじゃないかと、そんなことまで考えてしまう。

でも、と泰子は電気が消えたままの階段を見上げる。泰子と母の寝室は二階にあった。母は眠っているのかもしれない。どんなに頭がはっきりしていて家事が得意であっても、なんといっても高齢だ。体が疲れてしまうこともあるだろう。

急に心配になって、泰子は「お母さん」と階段の下から呼びかける。

そのとき玄関ドアが開いた。

「あら、やっちゃん」

ふりむくと母は、よいしょ、と小さく言いながら押し車を引っ張っていた。

「いややわぁ。もう帰ってきてたの」

明らかにやらかしてしまったと思っているのだろう。

「だって、何時やと思ってるん」泰子は時計をはめた腕を母のほうに伸ばす。

「なんやの。そんな小さい字、見えないわよ」と母は、あっけらかんと言う。

先ほどまで泰子が感じていた心細さなど、とうてい母には伝わらない。

「いつもこの時間には帰るようにしてるのに」

泰子は責めるように母を睨《にら》みつけた。母はごめんねとも言わない。それどころか、ちょっと遅くなっただけで大げさねと言って笑い、押し車を引き寄せている。

「ほら商店街をちょっと行ったところのかばん屋の奥さんがね」

この街の商店街は日本一長いと言われている。「ちょっと行ったところ」と言うのだから、地下鉄の駅の手前ぐらいまでだろうと想像できるが、かばんを専門に扱っている小さな店は、三、四軒あった。

「今度入院するっていうのよ。検査入院がどうとかって言うてたけど」

そのどれかのかばん屋の奥さんと、そんなことを話すような交流があったことも初耳だった。

「それで?」つい口調がきつくなる。

「相変わらず旦那さんはなんもしてくれへんとか、結婚した長男夫婦は地下鉄で二駅のところに住んでいるのに会いにも来てくれへんとか、そんな愚痴をね、聞いてあげてたんよ」

母は押し車のなかからレジ袋を取り出し、「たくさんお惣菜作ったから持って帰ってねって言うて、くれたんよ」と、上機嫌だった。

つまらない愚痴につきあわされたのにこんなものでごまかされてと、また腹が立つ。母が差し出したレジ袋に手を伸ばすこともせずに、「知らんよ。そんなこと」と、ぷいと顔をそらしてしまう。そんな自分を持て余しながら泰子は母を盗み見る。

「もう、しかたのない子ね」

母はレジ袋を抱えて玄関の上がり框《がまち》に足をかけた。その拍子に体がよろけそうになるが、「何をそんなにかりかりしてるんやろ」と笑ってごまかした。泰子の帰宅が遅くなると母はいつだって心配する。だから泰子は仕事で遅くなるときはよほどのことがない限り家に連絡をし、先に夕食をすませてもらうようにしてきたのだ。

周りからは、子離れしない母親を持つと大変ねなどと言われることもあった。泰子だって、もう子どもではないのだからと思わないでもない。それでもずっとそうしてきたことを、年老いた母を相手にいきなりやめられるものではない。

でも、脅えていたのは自分のほうだ。いつもの決まった行動とは違うことをすると、これまでの日常が崩れてしまうんじゃないかと。つまり、四十年前のあのときのことがわだかまりとなって、泰子の胸の奥底にこびりついているのだ。

その証拠に今もそうだった。こんなふうにちょっとしたことで不安になってしまう。だが当の母は飄々《ひょうひょう》としていた。自分ばかりが苛立って、つい言い方がきつくなる。もういい歳だし、相手は年老いた親なのに少しも優しくできない。そんな自分がまた嫌になる。

母はレジ袋を抱えたままダイニングに向かう。その後ろ姿がなんだか小さく感じられ、背中は心持ち前のめりになっているように見えた。どこか痛いところでもあるんじゃないのと訊こうとしたとき、「夕食にちょうどよかったよね」とうれしそうに母がふりかえった。

なんだかばつが悪くなって、泰子は「入院するのにそんなに作ったの？　ばかみたい」と、そんなことを言ってしまう。

「やっちゃん、なんでそんなこと言うの？」

「別に」

「入院する前にたくさん作って保存しておくんやって。なんだかんだ言うて旦那さんのこと気にしてんのよ。だけど」

「だけど、何？」

「そういうことをだれかに知っておいてほしかったのかもね」

その言葉が引っかかった。だが母はすぐに笑った。その表情にはまったく翳《かげ》りもない。そんな母を見ていると、またあのときのことを思い出してしまう。

母が家を出て、戻ってきたのは二日後だった。

あの二日間の夕食は、父がどこかで買ってきた弁当だった。今夜も父とふたりきりの食卓になるだろうと思いながら、その日、泰子は玄関ドアを開けた。すると廊下が明るかった。奥の台所のほうから炒めものをしている音が聞こえ、焦げた油の匂いが漂ってきた。

「ただいま」おそるおそる泰子は言った。

「おかえりー」

想像していたのよりもずっと明るい声が返ってきた。

泰子はランドセルを背負ったまま靴を脱ぎ、急いでダイニングの入口に立った。

「淡路《あわじ》島のたまねぎ。甘くておいしいの。今夜はこれをつかって野菜炒め、作ったんよ」

母は、台所で作り終えた炒めものを皿に盛りつけて笑った。あまりにも屈託のない笑顔に、泰子は気が抜けた。

夜の七時をすぎたころ父が帰ってきた。「おかえりなさい」と言った母の声は、泰子を迎えたときと変わらない明るいものだった。

父は「ああ」とひとこと言って、自分の書斎へ消えた。いつもと変わらない父の様子に釈然としないものを感じた。だが父が、どこかで買ってきていた弁当をこのときは持っていなくて、なんだ、と思った。父は母が帰ってくることを知っていたのかと。

ただあの二日間の母の行動について、二十年前に他界した父は最期まで口にすることはなく、泰子のほうからも話題にすることはできなかった。そして今、そのことは母にも訊けないままだった。

母が入院をした。末期のがんだという。

自分よりも帰宅が遅くなったあの日から、ひと月ほどが経ったころだった。母が不調を抱えていたことも、がんと診断されていたことも、泰子は何ひとつ聞かされてはいなかった。

土曜日の午後、泰子は病院に向かった。雨が降っていた。雨を避けたくて、多くの買物客が行き交うアーケードのなかを進む。

病院はこの商店街の最北端の、アーケードが途切れたところを折れた先にある。泰子の家からは徒歩で十二、三分ほどだった。

頭のうえからしきりにクリスマスソングが流れていた。ところどころにポインセチアを模した小さなオーナメントが飾られ、商店街のそこかしこにセールの文字が躍る。アーケードの端までクリスマスの色が溢れていた。

泰子がまだ幼かったころ、クリスマスの日の食卓には、それらしい料理とともに母の手づくりのケーキがあった。一度だけ、母が、銀色のクリスマスブーツに入ったお菓子のつめあわせを用意してくれたことがあった。小四のころだったと思う。泰子が欲しがったからだが、父は、つまらないものをと言わんばかりの顔でローストチキンを頬張っていた。そんな父に遠慮して泰子は素直にありがとうと言うこともできず、「マシュマロがひとつしか入ってない」などと文句すら言ったことを覚えている。

泰子が働くようになってからのクリスマスにも、母はそれらしい料理をこしらえていた。だが毎年学期末の忙しさをようやく乗り切った泰子は、疲労ばかりを重く体に残したまま、料理を楽しむこともなくなっていた。

要するに、母をないがしろにしてきたのだ。

たとえば上がり框もそうだ。

やっと手に入れた狭い土地に、父が自ら設計しこだわり抜いて建てた家には、かつて水害が多かった大阪の地にあってもそれに負けぬようにという願いがつまっている。だから玄関と上がり框の段差が大きい。畳敷きの部屋は階段を上がった先にある。狭い敷地だったからどうしても階段は急になり、母が唯一寛《くつろ》げる場は、その急な階段を上がらなければ辿《たど》りつけない。築五十年をすぎた家は、年老いた母にとって住みやすいものではなかった。

せめて上がり框に踏み台を置こうかと考えていた。だが泰子は、忙しいことがあたかも正当な理由であるかのようにずっとあとまわしにしてきた。母の、クリスマスの料理をたのしむ余裕がないのと同じように。

アーケードを歩きながら泰子は、入院する直前の母の様子を思い起こす。

朝、辛そうに起きてゆっくりと階段を下りていく。隣の部屋の布団のなかで目を覚ましたとき、ぼうっとする頭で泰子はそんな母の姿を気配と音で感じ取っていた。冬場の、火の気のない台所は昼間でも寒い。そんなに無理しなくてもいいよとさり気なく言おうかと思っていた。けれど母がいつも通りにすればするほど、何も言えなくなっていた。

午後七時には帰宅しても、泰子はたいがい仕事を持ち帰ってきている。仕事をしているぶん泰子のほうが忙しいのはたしかだし、無理をさせてはいけないからと、母が進んでやろうとしていることを取り上げてしまうのもよくない。泰子はそうやって気持ちに折り合いをつけてきた。

結局踏み台を置くこともせず、気遣う言葉もかけないまま母は入院してしまった。「商店街をちょっと行ったところのかばん屋」がどこなのかも訊かないままだ。

やがて交差点に出た。風が強くなっていて、雨が斜めに吹き込んでくる。泰子は傘を短めに持ち、青信号を渡った。

病院のなかはむっとするほど暖房が効いていた。泰子が乗り込んだエレベーターの扉が開くと、今度は消毒薬と饐《す》えた匂いがした。

病室に入ると母は眠っていた。ベッドのヘッドボードにつけられたプレートには「藤枝芳乃《よしの》さま」と書かれている。先週入院してから毎日見舞っているが、その髪の毛がすっかり白くなっていて、愕然とした。

そういえば母が、洗面台に立って毛染めをしていたことがあったなと思い出す。でもそれはずいぶん前だ。入院前、すでに白髪が増えていたことにも気づかずにいた。

父の生前、母はだれよりも早く起きていた。父や泰子が起きるころには、朝食ばかりか、身支度もすっかり整えられていた。どんな日も。それは父が亡くなり、八十歳に近くなっても変わらない。泰子の知らないところでずいぶんと身なりに気をつかっていたのだろう。

すべてを見ていたわけでもないのに、母の日常が目に浮かんでくるようだった。

手術をしたが、時すでに遅し。大腸にみつかったがんは手の施しようがないと、主治医からは聞かされていた。

目の前で看護師の長井《ながい》さんが母の手首を取って脈を確認し、腕に刺さった針と、そこからつながった管《くだ》に目をやる。点滴の残量を見て、今度は自分がしている腕時計に目を走らせたかと思うと、クリップボードに挟んだ用紙に何やら書き込んでいる。

母が入院した日、この病室の担当だと自ら名乗り、入院に必要なものをいろいろと教えてくれた。説明書は受け取っていたが、よほど泰子が不安そうに見えたのか、丁寧に説明してくれたのだった。

そんな長井さんは、いつも感心するほど忙しく働いている。その合間を縫って、母のちょっとした様子——起床時や入浴時の表情だとか、消灯時間後の睡眠のことなど——を話してくれた。

そればかりか、泰子に対しても、お忙しいときは無理なさらないで、と労《ねぎら》ってくれる。

「体温が少し、低いかなと思います。ちょっと気にかけておきますね」

「ありがとうございます」

長井さんに言いながら、体温が低い、と胸のうちでその意味を探るように呟く。

今後の治療計画について、昨日、いくつかの提案があった。

緩和治療。がんによる死は老人にとっては「自然死」と考えてもいいのだと、そのとき主治医に言われた。

「ずいぶんと痛みもあったと思いますよ」

そんな医師の言葉にも泰子は実感が持てず、戸惑いを覚えるばかりだった。

入院するその日の朝まで母はいつもと変わらず台所に立ち、朝食を用意してくれた。その前日の夕食も。味つけだって変わらなかった。その裏側で母はずっと痛みに耐えていたというのか。食事のことだけではない。家のなかの様子だっていつもと同じだったのだ。ただ、母の食欲がほんの少し落ちたように感じたことがあった。「どうしたの？」と尋ねたが、「何が？」と逆に母から訊かれ、別に、と流してしまっていた。

泰子は病室で、母の着替えやタオル、そして化粧品などを紙袋から出してはキャビネットにしまいこんだ。もしかしてかばん屋の奥さんの話をしたとき、母は泰子に向けて何か言いたいことがあったのではないかとつらつらと思い起こす。けれど何も思い浮かばない。手にしていた紙袋が雨で濡れていることに今さら気づく。

ただ眠り続けている母をみつめていると、泰子は、なぜか昔のことばかりを思い出す。母はよくご近所の佐原《さはら》さんの話をしていた。たとえば、ご主人が昇進したって佐原さんの奥さんがうれしそうに言ってたわ、といった具合に。佐原さんのご主人は父と同じ建築関係の、父が働いている会社よりももっと大きなところで働いていた。佐原さんの奥さんと母はよく顔をあわすらしかったが、母が彼女のことを好意的に語っていたことはなかったように思う。

何かといえば自慢話ばっかりなどと言う母の声には、いつも、どこか相手を蔑《さげす》んでいるような響きがあった。そのくせ佐原さんのご主人のことを引き合いに出して、遠まわしに父に文句を言うのだった。

あのころ、母がこぼす小言はいつも父を責めているように聞こえていた。泰子は、外に出て働くことをしないのに、生活のあれやこれやを父のせいにしている母に嫌悪する気持ちがあった。母のように、だれかに頼らなければ生きていけないような人生だけは絶対にごめんだとも考えていた。

それでも母が家を出たあの二日間、泰子は自分を責め続けた。

父と向かいあって夕食を食べた二日目のことだ。

「最近、学校はどうや？」不意に父が言った。

泰子は学校生活の何かについて、取り立てて父に話したいことはなかった。だからその日に返ってきた社会科のテストが九十四点だったことを話した。

父は箸の動きを止めて「ほう」と言った。ずれ落ちためがねのせいで間の抜けた表情に見えた。

「それはまた、すごいやないか」

お世辞でも機嫌を取るわけでもなく、父は心底感心していたのだろうと思う。

「でも一番やなかったんよ。九十六点、取った子がいて」

泰子は社会科が得意だった。もっといい点数を取りたい。いつもそう思っていた。実際、泰子は必死で勉強もした。そして、そのときのテストには自信もあった。それなのに自分よりも高い点数を取った子がいたなんてと、悔しかったのだ。

「比べてもしゃあない。自分が頑張ったかどうかやろ」

そんなことを言われたのは初めてだった。

「他人と比べてどうこうっていうのは本来のたのしいっていう感覚を奪ってしまうんや。自分がとことん納得するまでやる。だから勉強かってたのしいもんになると父さんは思う」

「だって」

「なぁ泰子。泰子はものすごく頑張ってるやろ。なら、周りなんか関係ない。他人と比べたりなんかせんと、もっと自分で自分のことを認めてあげんと」

自分のことを認めるという父の言葉と、泰子に向けられていたその眼差しがとても印象的だった。

泰子はどういう顔をしていいのかわからず、「でも」と呟いた。箸を持ったまま次の言葉を探した。

不機嫌な面持ちで夕食を食べていた父。その目線はどこに向いているのかさえよくわからなかった。口数も少なくて、きっと仕事で疲れているのだろうと思っていた。

「お父さんて、仕事してて楽しいの？」

「まあ、仕事やからな。たのしいことばっかりでもないけど、ロマンを感じることもあるさ」

照れくさそうに父は笑った。

「ロマン？」――て、何？

「ははは」父はさらに笑って、「男のロマンてやつさ」と気取った言い方をした。

大事なところで父はいつもはぐらかす。

母が家を出る前の日もそうだった。母はしきりに佐原さんがどうとか、昔の友達がどうとか言っていたが、そんな母にも、父は応えてやることはなかった。

仕事にロマンとか、男のロマンとか、いったいどういうことなのかと泰子は思ったが、こまかい部分を言葉にはせずに笑ってごまかす父を、責める気にはならなかった。弁当は決しておいしくはないし、自分のせいでこんなことになってという気持ちも拭いきれなかったが、不思議と気持ちがほぐれていった。だから母が帰ってきたとき少し複雑な気持ちになったのも確かだ。

母の不在はたった二日間だった。あのまま朝ごはんを食べずに学校に通い続け、父が買ってきた弁当で夕食をすます日が一週間続いたら、とても辛かったと思う。そういう意味で、自分にとって母親は必要なのだった。でも「必要」というのは「便利」とどう違うのだろうと、少し混乱もしていた。きっと後ろめたさもあったのだろう。そして母が家を出る前夜、父に加勢した罪悪感もあって、母に「どこに行ってたの?」と訊きそびれた。

いつしか父が母に対して遠慮がちに接するようになり、母は食卓で泰子たちに過保護にかまうことをしなくなった。泰子のなかで、互いが腹に何かを抱えたまま食卓に向かっているような感覚があった。夕食のときのダイニングはいっそう居心地が悪く、息が詰まるようだった。

泰子は社会人になってもう三十年がすぎようとしているが、父があのとき語った「ロマン」というものを感覚として摑めないまま教師を続けている。そして「どこに行ってたの?」と訊けないまま、病室のベッドで眠る母が、いつか戻ってくるのを待っている。

水曜日の仕事帰りだった。乾いた空気が冷えていた。陽が落ちると、もともと人通りの少ないこの辺りはいっそうひっそりとしている。そのうえを走る高速道路からはひっきりなしに車が行き交う音が聞こえていた。

高速道路の向こうに立つ何棟ものマンションが見えた。その窓を灯す白い光が夜気のなかに浮かび上がっている。光を見ていると、そのひとつひとつにささやかな幸せがあるのだと思えてくる。すると病院に寄ることが億劫《おっくう》に感じられた。泰子は毎日病院に寄っているが、眠り続ける母を前にできることはほとんどなかったし、母が不在の家にいるよりももっと、置いてきぼりをくらったような感覚に陥るのだった。

道を曲がるとスーパーがあった。駐輪場に乱雑に駐《と》められた何台もの自転車が見える。そのあいだを川口《かわぐち》沙織《さおり》が歩いていた。

沙織は泰子が受け持っている三年二組の生徒だった。

制服のままの彼女は、小さな男の子の手を引き、スーパーの入口に向かっていく。そして、まるで吸い込まれるように店内に入っていった。

泰子は沙織たちの後ろ姿を追った。二学期にあった二度の進路懇談にも母親は姿をあらわさず、事情を訊いても沙織はからからと笑って、「ママは忙しいから」と答えた。そんなことを思い出したからだ。

沙織の母親はまだ三十代前半だった。一学期の懇談のときに一度顔をあわせている。色白でふっくらとした丸みを帯びた頬と、薄いピンクの口紅に彩られた、ややぽってりとした唇が印象に残っている。あどけなくて、笑みを浮かべると少女のようで、あくせくと働く姿はイメージしにくかった。

沙織を追って店内に入る。煌々《こうこう》とした灯《あか》りの下で、陳列台に盛られている果物や野菜の鮮やかな色が目につく。沙織の姿はそのずっと奥にあった。

泰子は、買物客のなかに見え隠れする沙織の姿を見失わないように近づいていった。菓子類が並んだ陳列棚の前に沙織はいた。そのすぐそばで、男の子が沙織にぴたりと体を寄せて立っている。

泰子も立ち止まる。

「これでいい?」沙織は陳列棚からアーモンドチョコの箱をひょいと摘《つ》まみ上げて、男の子の前に差し出す。男の子の身長は沙織の胸の辺りまでしかなく、沙織は腰をかがめて男の子の顔を覗き込む。

男の子は首を横にふった。

「だってアーモンドチョコが食べたいって言うたやん」

その言葉ほどには、男の子を咎めていないことがわかる口調だった。

「だって」男の子は沙織の手をみつめ、そして目をそらした。

どこか遠慮しているように見えた。

「大丈夫や」沙織は笑みを浮かべると、ほら、と、男の子が穿いていたズボンのポケットにアーモンドチョコの箱をねじ込んだ。

それ——。言葉よりも先に泰子は動いていた。

「川口さん」泰子は男の子のズボンのポケットから、アーモンドチョコの箱を取り上げた。

「ちょっと、何するん！」咄嗟《とっさ》に沙織は声をあげたが、相手が泰子だとわかると「先生、なんで？」と、驚いた様子を見せた。

泰子はチョコレートを持ったまま歩きだした。途中、陳列棚の端に積んであるカゴをひとつ手に取り、そこにチョコレートを放り込む。

「それ、どうするつもりなん？」あとを追いかけてきた沙織が言う。

「買うんよ」

泰子が持っていたカゴを沙織が後ろから引っ張った。ふりむくと彼女は挑むような目をして、「お金、ないから」と言った。

「チョコレート、どうするつもりやったん？」

「シンヤが食べたいって言うから」

泰子は男の子を見た。

入学時に提出してもらっている家族構成についての書類を、泰子は何度も確認していた。沙織の家庭に対しては、進路を考えるうえで特に、気をつけなければならないことがいくつもあるからだ。

シンヤ——真哉。たしか今年小三になった沙織の弟だ。この真哉の二歳上、つまり沙織とは四歳違いで小五の妹もいる。美鈴《みすず》という名前だったと記憶している。そして真哉の下にもうひとり、今年一歳になる弟がいたはずだ。今年の春、沙織を受け持つことになったばかりのころ、「去年弟ができた」と彼女は泰子に告げたのだ。

真哉の姿を初めて目にする。真哉は沙織のスカートの裾をぎゅっと摑んだまま、おずおずと泰子を見上げる。

「真哉くん」泰子は中腰になって真哉に目線をあわせた。

やや垂れ気味で目尻がすっと切れ込んだ目が、沙織とそっくりだった。

真哉はあとずさって、さらに沙織に体を寄せた。

小三にしては少し背が低いと思った。それにかなり痩せている。

「でもこんな時間にチョコレートなんて食べたら、夕飯、きちんと食べられるのかなぁ」

昔、泰子も母に同じようなことを言われた覚えがある。

「だからごはんの代わり」沙織の心底呆れたような声が、泰子の頭のうえに降ってきた。

沙織はまるで当然だという表情で泰子を見下ろしている。この子がごはんよりもチョコレートを望んでいるのだと、彼女の目は言っているようだった。

「一緒に買い物しよう」

「でも時間ないよ。早く帰らんとカズマが起きるから」

一真。今年一歳になる弟のことだ。沙織にどんな字を書くのか訊いたら、「一」に真実の「真」だと教えてくれた。

「お母さんは？　仕事？」

「そんな感じ」

そういえばこの子は授業中に眠ることが増えたなと思う。母親が忙しくて、沙織がその一真の世話をしているのだろうか。

「とにかく、こっち、おいで」

泰子はまた歩き始めた。店の奥にある惣菜売り場へと向かう。少し乱暴に床を蹴飛ばすような沙織の足音の合間に、真哉のぱたぱたとした足音が交ざる。

惣菜売り場につくと、泰子に追いついた沙織の後ろに真哉が立っている。不安そうに沙織の手を握っている真哉の目を覗き込む。

「真哉くん、何が好きなん？」

真哉は怯《おび》えているようだった。

「大丈夫。怖くないから好きなもの、教えて」

真哉は「オムライス」と、遠慮がちに呟いた。

泰子は「そう」と彼に笑いかけ、オムライスを取り、そうっとカゴに入れた。

「あんたは何が好きなんよ」

観念したように沙織が、「えっと、私もオムライス、かな」とぼそりと言った。

「美鈴ちゃんも同じでいい？」

沙織がぽかんと口を開けて、それから探るような目つきで泰子を見た。

「何よ」泰子はぶっきらぼうに言った。

「美鈴の名前、知ってたん？」

「だって家族構成、届けてるでしょ」

「ふうん」と沙織がやっと聞こえるような声で呟いて、ぷいと顔をそらす。その頰に少し赤みが差している。照れくさいときに見せる彼女の小さな変化だった。

泰子はオムライスをあと三つ取って、カゴに入れた。

「そんなにいらないよ」と沙織は言ったが、その声から刺々《とげとげ》しさは消えていた。

「お母さんも食べるでしょ、夕飯」

「え、えっと」沙織は急にもじもじとして真哉を見下ろす。

まさか、もしかすると母親は何日も帰ってきていないのではないか。

「やっぱりいいよ、先生。こんなに買ってもらっても、お金、返されへんかもしれんし」

でもろくに食べるものもないのだろう。だから、この子たちはアーモンドチョコで空腹をまぎらわそうとしていたのだ。

「今夜はチョコレート食べて、明日の朝はどうするつもり？」

沙織は、「朝ごはんなんていつも食べてないよ」と笑った。卑屈になっているのでもなんでもなくて、そんなのどうってことないから、と言うみたいに。

「でもね」泰子が言うと、つっと沙織の顔から笑みが消えた。

「とりあえずおにぎり、いくつか買っておきましょう。冷蔵庫に入れておけば明日の夜でも食べられるから」

こんなことをして何になるという思いもあった。母親が不在だとして、それがいつまで続くのかもわからない。その間、毎日食べ物を買い与えるわけにもいかない。つまり、何をしてもその場しのぎでしかなく、根本的な解決には至らないのだ。といってほうっておくわけにもいかない。

「先生、もういいよ。ずっとこんなこと続けられへんでしょ。それにこんなこと続けたとして、全部でいくらになるん？　そんなのママが帰ってきても払えへんし」

言ってしまってから沙織は、はっとした顔になった。

泰子はおにぎりを摑んでカゴに入れながら「今はいいんよ。そういうときもあるんやから、お金だって返さんでも」と、無理に明るい声で言った。

「かわいそうやから？」

泰子は手を止めた。かわいそうって、と言葉が滑り落ちる。沙織たちを憐《あわ》れんでいるわけではない。だが子どもが四人もいても母親は家を出ていくものなのだろうか。出ていかなければならないどんな事情があるのだろうと思う。

「もしも今先生が助けてくれても、じゃあ、明日は？　明後日は？　これから先もずっとだれかが助けてくれるのかな。助けてもらってやっと、私たちは生きていけるのかな」

沙織はまっすぐ泰子を見上げていた。頰の赤みが消えた彼女の、切れ込んだ瞼に目がいく。人目を惹くというのとは違う、澄んだ美しさを感じさせる顔立ちだった。沙織から表情が消える。店内の照明がうつり込んでいるはずなのに、その瞳はやけに黒く見える。

「今日助けてもらっても、その先に生きていく方法がなかったら、一緒なんよ」

「だから万引きをするの？」

咎めるつもりはなかった。万引きせざるをえない今の状況についてを訊きたかったのに、と咄嗟に悔やむ。他人ではなく、親の庇護をこの子は待っているんじゃないか、とも思った。

だが沙織は、ふっ、と笑った。

「こんなん、別に今日が初めてやないから。ここにはこんなにたくさんのものがあるんやもん。チョコレートのひとつくらい、別にいいやんか」

「でも」

「贅沢《ぜいたく》なんて言うてない。チョコレートひとつ、やで」

「ほうっておけって言うの？」

「ほら、それ。自分がそうしたいっていうだけで、私らの気持ちはそこにはないやん」

沙織はカゴのなかからチョコレートをひょいと摘まみ上げると、泰子の鼻先に突きだす。

「いいよ、先生。先生がいるところと私らが住む場所は違う。それだけのことなんやから」

泰子がチョコレートを手に取ると、「真哉、行こう」と言って沙織は、握った弟の手をぐいっと引き寄せて去っていった。

正しいことをただ口にするのは簡単なことだ。危うげなふたりの姿を見ていると、チョコレートひとつで凌《しの》ごうとした沙織たちの夜を否定しきれないような気持ちになる。チョコレートをポケットにねじ込んででも沙織が守りたかったものがあるのに、と泰子は唇を噛む。

次の日から二日間、沙織は学校を休んだ。

あれからどうしたのだろうかと気にはなっていた。ただ無断ではなく、風邪をひいたから休むと沙織本人が連絡をしてきていた。彼女の家に固定電話はなく、連絡先は携帯電話の番号になっている。どうやらそれは沙織自身の番号で、かければ本人が出る。「風邪はどう?」と訊けば、「まあまあ」と答える。その声は暗いものではなかった。けれど「ご飯は食べたの?」という言葉を、泰子は何度か呑み込んだ。スーパーでの出来事が尾を引いていたからだ。

沙織の母親が不在になったのは、実はこれが初めてではなかった。沙織が一年生だったときにも、母親が二日ほど家を空けていたのだ。当時の担任が教職員の打ち合わせのなかで知らせた。何か理由があって実家に戻っていたらしく、大事《おおごと》にはならなかったと記憶している。だから不在にするあいだの食事もそれなりに用意してのことだろうと思っていた。だが今にして思えば二年前の、その二日間の不在のおりに食事を用意していたかどうかも怪しい。

するとなおさら電話ですまさずに、家を訪問すべきだと思う。スーパーでのことを思い出すと、沙織が必死で守ろうとしているものを引っかきまわすだけのような気もするが、ほうっておくわけにはいかない。

放課後、泰子は沙織の家に行くことにした。

中学を囲む鉄柵に沿った道を自転車で進む。校舎の周りに等間隔に植えられている桜の木はすっかり葉を落とし、曇って無彩色な空に向かって枝が伸びている。

自転車で十分も行くと、右手に真新しい住宅街があった。そこから舗装された道路を一本隔てたところに、灰色の建物が何棟か平行に並ぶ団地があった。そのうちのひとつに沙織たち一家が住む部屋がある。

団地の手前には古い家並みがある。その一角に、台風の爪痕を残した屋根を青いビニールシートで覆っている家もあった。

からっ風が吹いて、団地の敷地のあちこちにある植え込みから土の匂いが漂う。ゴミ庫から溢れたゴミ袋は烏《からす》がつついたのか、一部が破れ、残飯やコンビニ弁当の容器がはみ出している。

車があまり通らない脇道を入っていく。うえには新幹線が走る高架があって、団地のすぐ向こうにはJR神戸線の線路が見える。そこを電車が通る。思ったよりも大きな音が響いた。

おばあさんが舗装された道路をゆっくりと歩いていく。母がいつも淡い色のものを好んで着ていたことを、ふと、思い出す。決して多くの洋服を持ってはいないが、どれも顔うつりがよく、母に似合っていた。おばあさんは、母よりも少し年が上だろうか。くすんだ灰色っぽい服で全身を覆っているのに、首もとに巻かれたマフラーの水色がやけに鮮やかだった。それがどこかちぐはぐでかえって淋しい気持ちにさせる。

今の中学で働くようになって泰子は、この町に高齢者が多いことに気づいていた。高齢者がひとりで歩いている姿をよく見かける。でなければ夫婦だろうか、おじいさんとおばあさんが連れ立って歩く姿だ。その表情は穏やかなことが多い。

泰子は植え込みのそばに自転車を駐め、団地のなかに入った。エレベーターのボタンを押す。ドアのそこかしこの塗装が剝がれ落ちて鉄が露出している。エレベーターが降りてきて音を立ててドアが開く。乗り込むと、足もとがいっそう冷えびえとした。壁にはこれでもかというほど、B6判ほどの大きさの広告が貼りつけられている。そのほとんどが半裸の若い女の写真をのせていた。

やがてエレベーターは振動とともに目的の四階で停まり、泰子は廊下に出た。沙織たちの部屋に向かい、表札を確認する。「KAWAGUCHI」と書かれた文字は手書きだった。

ドアチャイムを押すと、すぐに返事があった。鍵をあける音が聞こえ、ドアが開く。

「先生」顔を出したのは沙織だった。

「あら、先生、どうしてうちへ？」

沙織のすぐ後ろに、母親が姿をあらわした。相変わらず透きとおるような白い肌をしていたが、ふっくらとしていた頬には艶《つや》がなかった。

「お母さん、いらしたんですね」

母親が何か言おうとしたが、「さっき帰ってきたんよ」と沙織が遮るように答えた。そして「先生は私に用があって来たんやから」と母親に向かって言う。

母親は沙織に鼻白んだような表情を向け、泰子に軽く会釈をして部屋の奥に引っ込んだ。

「どこかに出かけられてたの?」言葉を選んで泰子は訊く。

「うん。今回は一週間」とけろりとした様子で沙織は答える。「あ、先生、寒いから入って」

「でも突然やし」

「何、先生、そんなこと気にせんでいいから」

泰子が拍子抜けするほど沙織はあっけらかんとしていて、さあ早く、と泰子の腕を引いた。

泰子は廊下のつきあたりにあるリビングに通された。母親と子ども四人が暮らす部屋、とは思えないほどリビングは整然としていた。フローリングの床には塵《ちり》ひとつ落ちてはいない。

「きれいにしてるのねぇ」

「ものが少ないからそう見えるだけだよ」

リビングは六畳ほどの広さだろうか。まん中にダイニングテーブルが置いてあって、その周りに四脚の椅子と、ベビーチェアがあった。

泰子は勧められるまま、入口から一番遠い椅子に座った。沙織はそばに立っていた。

「一真くんも、ここで一緒に座って食べるの？」

「うん、そう。そこに座らせて食べさせるんよ。だいぶうまくなったよ」

「食べさせるのが？」

「食べるのが、よ」

沙織は笑ったが、弟や妹にこれまで何度もごはんを食べさせてやってきたのだろう、とあらためて思う。

「先生、お茶でいい？　あ、そうだ、ココアもあるよ」

真哉が欲しがるからとチョコレートを万引きしようとした沙織。チョコレートひとつで夜を凌ごうとしたこの子たちにとって、甘いものがとても貴重なもののように思えた。

「お茶、お願いするわ」

沙織はキッチンに立ち、湯を沸かしてお茶を淹れている。中三の女の子にこういうしぐさがきちんと身についていることに半ば感心する。やがて、「あんまりいいお茶じゃないけど」と大人びたことを言って、泰子の前に湯呑を置いた。湯気とほうじ茶の香りにあたたかい気持ちになる。

「それでお母さん」

「ああ、新しい人ができたみたいで」

「新しい人？」

「つまり、彼氏」

沙織はにこにことしているが、どこか、何かを諦めているような色がその瞳にあらわれる。

実年齢よりもずっと若く見え、どこか気楽で、生活感のない沙織の母親からは、どうしても、あとさき考えずにふらりと家を出る姿が浮かんできて、「それで一週間なん」と泰子は、ついぞんざいな言い方をしてしまった。

ところが、「かたがついたんやない？」と沙織はさらりと言う。

「どういうこと？」

「さあ、別れたのか、ちゃんとつきあっていくのか、そのどっちか。でもママ、機嫌悪くないから」

「つきあっていくの？」

「別れたと思う。だからほっとしたんやないかな」

「それで機嫌がいいの?」

「ほんまはちゃんと結婚してくれるような彼氏、みつけてくれるといいんやけど、私ら子どもが四人てわかると、ちょっと相手は引くみたい。ママはママで、男の人に頼ってもいいけど、そうすると偉そうにされるから嫌やって言うし」

授業中は寝てばかり。クラスの子たちとも距離を置きながら過ごしている沙織を見ていると、投げやりにふるまうことで、何かをごまかしているように感じていた。そんな彼女が、母親のことをだれよりも深く理解していることに驚く。

「でも実際、この先、どうするんやろうね、あの人」

今は生活保護を受けているが、母親はきちんと働いていた時期もある。行政にばかり頼りっぱなしでもなく、母親は母親で、生きるための術《すべ》を得ようともしたのだ。それでも——。

「受験、どうするの?」

「高校って、やっぱり必要?」

間髪を容《い》れずに、沙織が訊いてきた。

中卒と高卒とではどれくらい違うものなのだろう。これまであたりまえのように進路指導をしてきた。泰子が受け持った生徒のなかで、両親が自営業を営んでいて、卒業後はそのまま家族で一緒にやっていくと言った子がふたりいたが、それ以外はみな、何らかの形で進学を遂げていた。

高校に進学しても途中でやめ、どこかの学校に再入学するか、アルバイトをして過ごしている子がいることも聞いている。だが、彼らのその後の人生を知ろうと積極的に動いたことはなかった。

「高校ぐらいはと思うけど。でも、お金のこともあるし、いろいろやらなあかんこともあるし、今かって昼間は眠くてしょうがないのに」

「定時制」思いついた言葉を呟く。

「ヤンキーばっかり？」

「そんなことないよ。家庭の事情とか、何かの理由で高校をやめた子が再入学してきたり、いろんな事情を抱えた子がいるみたい」

「そういうところで私、頑張れるんかな」

泰子はあらためて部屋のなかを見まわした。

「ここ、川口さんが掃除してるの？」

先ほど彼女が言った「いろいろやらなあかんこともある」というのは、家事やきょうだいの面倒をみることだろう。

「まあ、だいたい。洗濯もするし、ごはんも作るよ」

「一真くん、寝てるの？」

「ママがやっと帰ってきてくれたしね。きっと今、部屋で一緒に寝てる」

「頑張れるんやない？」

「何が？」

「川口さんなら定時制に行ったとしても、やっていけるんやないかって」

「またママに新しい人ができて、家出されたら、学校休むかもしれへんのに？」

「働いたとしても、そういうこと起こるかもしれへんでしょ？」

「でもお金があったら、だれかに頼んで弟たちを預けたりもできるかも」

家族の暮らしを守ることばかりを、中学生の女の子が考えていると思うと胸が痛くなる。まだまだ先だとしても、いつかは母親もいなくなる。妹や弟たちだって、新しい家族を作って沙織から離れていくかもしれない。それだけではない。これから先の長い人生のなかでいろんなことがあるだろう。学歴を身につけるとか、特技を作るとか、定職につくとか、そういったことが必要だと思うときもくるのではないだろうか。

この子はそういう未来を考えないのだろうか。そして母親は娘の将来をどう考えているのだろう。

「シングルマザーって、大変や」沙織が泰子の胸のうちを見透かしたように微笑《ほほえ》んでいる。「でも、ママの生活がなんとかなってくれへんかったら、いつまでも私がそばにいるわけにもいかんし」

ああ、そうかと泰子は思った。「つまり、結婚して家を出るってこと？」年ごろになればこの子も普通に恋愛をして、結婚を考える日も来るかもしれない。沙織は照れくさそうに笑みを浮かべた。そこには中学生の少女らしさが覗く。だがすぐに真顔になって、「そういえば、先生は独身？」と訊いた。中学生によく訊かれることだった。単なる興味だろうが、泰子がある程度の年齢に達したときから、大人は踏み込んで訊いてはこなくなった。中学生にとっては親がいて自分が生まれてというルーツがあるから、だれもが結婚していることをあたりまえのように感じているのだろう。

「独身やけど」

「お父さんやお母さんとの生活がよすぎて？」

「まさか」

年老いた母をひとりにはできないと言えば周りは、ああ、と訳知り顔になる。そして教師という一生続けられる職についていることをあわせると、「結婚しない理由」としては体裁がよかった。けれど泰子の本音は違う。結婚すれば、どうしても相手に期待しすぎてしまうのではないか。両親を見てきたなかでそんなことは幻想だとわかっているはずなのに、もしも相手が自分を受け止めてくれなかったらと思うと、怖い。世間体を気にするよりも、そんな気持ちのほうがずっと大きかったのだ。先ほど沙織が話していた「別れてほっとしたみたい」な母親の姿は、こんな自分よりもずっと潔い。

「先生」

リビングに母親が顔を出した。

泰子はその場で立ち上がる。

「あ、先生、そのまま座ってらして」

母親は、ゆっくりと言葉を探すように瞬きをし、「すみません。わざわざ来ていただいて。この子が学校を休んだから？」と丁寧な口調で続けた。

「ええ。二日ほど。それまでは休まずに来られてたんですけど」

「すみませんねぇ。私が何もしてやれないダメな母親で」

自分を卑下しているような言い方だった。

「いえ、沙織さん、風邪でお休みされていただけで」

「先生」沙織が制するように言ってから、母親のほうを向く。

「いいよ、ママ。寝ててよ。疲れてるんやから」

唇を尖らせて乱暴に言うが、沙織の声音はやわらかかった。その表情からも、母親によけいな心配をさせず、ゆっくり休ませてあげたいというのが読み取れる。

つかの間、母親が沙織をみつめる。

「ま、ほんと、いつの間にこんなに生意気になったのかしら」

母親にあどけない笑みが戻る。娘の気のまわし方に戸惑いつつも、心丈夫でいられるのかもしれない。

「じゃあ、すみません。おかまいもできませんが」母親はやんわりと頭を下げた。そして「卒業まで沙織のこと、よろしくお願いします」と言って、廊下に消えた。

「たまにね」沙織が口を開いた。「ここから逃げ出すんよ、あの人。現実逃避ってやつ」

自分の母親を「あの人」と呼びながら、つきはなしているわけではない。沙織の横顔は、まるで子どもを庇《かば》う親のようだった。

「優しいのね、川口さんは」

「何、急に」沙織の口もとが少しほころんでいる。

現実逃避という言葉を胸のなかでくりかえす。家を出る前日の、母の顔を思い出したのだ。ダイニングで椅子に座って、どこか一点をぼんやりとみつめていた。瞳が潤んでいるように見えたが、泣いているわけではなかった。そういう思いつめた感じではなく、何かを夢想しているようだった。

「それでもここに帰ってくるから。あの人」

ひとりごとのように呟いた沙織の頰に、うっすらと赤みが差していた。

もとは父とふたりで寝室としてつかっていた八畳の和室を、今は母がひとりでつかっている。壁面に洋服ダンスといくつかのカラーボックスを隙間なく並べて、さまざまなものが整然と入れられていた。

泰子は少量の本と、レコードが立てて並べられている棚の前に座った。

父は生前、ダイニングの向かいにあった小さな部屋を自分の書斎にしていた。そこには小ぶりのステレオがあって、父はその部屋でレコードを聴きながらよく本を読んでいた。

書斎に入っていった父の背を追った母が、扉の前にぽつんと立っていたことがあった。多分、泣いていたのだろう。廊下の灯りの下で、母の立ち姿が小さくふるえていた。母が家を出て、そして帰ってきてからはそんな姿も見なくなったが、父が亡くなったあと、母はその部屋にあった本やレコードを大量に処分した。泰子は殺伐とした気持ちを抱きながらも、書斎の前にいた母の立ち姿を思い浮かべていた。

父が自ら設計して建てたこの小さな家の部屋はどれも狭いうえに、母がひとりでつかえる部屋など存在しなかった。今、父の書斎だった部屋は物置のようになっていて、買い置きしてある洗剤やトイレットペーパー、掃除用具などが収納されている。

収納スペースがほとんどないこの家に、母はそういう場所を作ることで整然と片づいた家を実現させたのだ。

そういえばステレオはどうなったのだろう。母はレコードを聴くことなどなかった。

それでもこの棚の一角に並んでいるレコードには何か忘れられない思い出でもあるのだろうか。その棚の一番下に箱があった。箱はカラーボックスの一段にちょうどすっぽりと収まる大きさだ。

泰子は箱を取り出す。心の隅に引っかかっていた小さな出来事を丹念に思い起こす。あれは父が亡くなって一週間目の夜だった。翌日から泰子は出勤する予定だった。なんとなく母の様子が気になって、この部屋を覗いた。

泰子に気づくと母は、慌てて手もとに置いていた箱の蓋を閉めてここに押し込んだ。母が四十年前に姿を消した二日間にまつわる何かが、この箱に入っているのではないか。父のレコードや本とはわざわざ別にして、特別にしつらえた収納。母の人生のどこかを切り取って、しまいこまれた大事なもの。もしも泰子に遺すものがあるとしたら、そして、だれかに知っておいてほしいことがあるとしたら、このなかではないかと、そんな気がしていた。

蓋に指をかける。

ほんの一瞬、母が求めた知らないだれかとの思い出ばかりが入っていたらと、ためらう。

怖気《おじけ》づく気持ちをふり払うように、指先に力をこめて蓋をあける。出てきたのは、泰子が幼かったころの写真が数枚と、筒形に丸められた画用紙や、手づくりのぬいぐるみなどだ。

写真は七五三のときのものだろう。ふりそでを着て千歳飴《ちとせあめ》を持った自分の幼い姿が写っている。白い縁取りの部分はすっかり黄ばんでいて写真全体も赤茶けている。夏祭りの様子を描いた拙《つたな》い絵は、いったいいつごろのものかわからない。ぬいぐるみも、どうにか猫とわかる具合だ。

色褪《いろあ》せた過去の思い出ばかりがしまいこまれた箱の中味を見ても、泰子のなかに立ち昇ってくるような過去は、断片すらなかった。

それらをかき分けていくと、底に何本もの輪ゴムで束ねられた手紙や葉書があった。束の厚みは二センチほどで、端がひしゃげていたり黄ばんでいたりする。輪ゴムをはずそうとすると、弾力をすっかり失った輪ゴムは絡みあったままぷちぷちと切れて、数枚の葉書が畳のうえに落ちた。沢村晶《さわむらあきら》という文字が見える。その一枚を手に取る。達筆だった。

母も美しい文字を書くが、母のものとは違い、しっかりとした点画の男性的な文字だ。

芳乃さま。あなたが訪ねてきてくれたことが、とても力になりました。きっとあなたも葛藤を抱え、苦しんでおられるでしょうに。

葉書には昭和五十三年二月十一日と記してある。泰子が小学校の卒業を間近に控えた、母が家を不在にしたあのころだ。差出人の住所は兵庫県津名《つな》郡淡路町となっていた。母はこの人に会いにいったのだろう。さわむら、あきら。声に出してみると当時の母の姿が生々しく浮かび上がってくるようだった。

もしもあなたに何かあれば、必ずお知らせください。

葉書はそんな文言で終わっていた。

現実逃避。沙織が口にした言葉が頭の隅に残っていた。母も泰子たちとの生活の現実から逃げたかった。でも、母はここへ戻ってきた。それは沙織の母親のようなかたのつけ方とは違う。この沢村晶という人が綴った言葉は、きっと母の胸のなかにずっとあったのだろう。

そしてなんらかの思いと一緒に、この沢村晶との出来事をこの箱に封印したのではないだろうか。

もしかしたら、棄てるつもりの家族にもう一度向き合う、そんな覚悟をしたのかもしれない。泰子はその葉書を手に取って、あとはもとどおりに戻すと母の部屋を出た。

その後も母の容態に大きな変化はなかった。呼吸は安定していて、痛み止めが効いているのか、ただ眠る母の顔は穏やかだった。日曜日のこの日は、いつもよりも長めに病室にいるつもりで出かけてきた。

用意したパジャマはつかわれないままだった。

数日前まで母はときおり目をあけて、ぼんやりと天井をみつめることがあった。どこまで見えているのかはわからない。ただ耳は聞こえていると長井さんが言うので、「お母さん」と呼びかけたりはしていた。母は濁った瞳をゆっくりと動かすだけで、言葉を発することはなかった。表情もほとんど変わることがなく、泰子のことをどこまで認識できているのかもよくわからない状態だった。

もう何日ももたない。そのうちに意識もなくなる。その場合、人工呼吸器をどうするかということも訊かれた。母自身はそれを望まないと話していたと聞いている。

この日も母は一度も目をあけることはなく、ずっと眠り続けていた。

そんな母を前にするとなおさら、自分が母にしてやれることは何もないのだと思ってしまう。

「ああ、ここや、ここ」

背後で声がして病室の扉があいた。

「ここ、藤枝さんが入院されてる部屋?」

ふりむくと、太った老女がいた。

「ええ、あの……」

「えっと、芳乃さん」

「母ですけど」

老女はキャリーバッグをごろごろと引いて、病室に入ってきた。泰子に近づき、「えらい急に寒うなって」と言う。老女が着ているコートがすっかり冷たくなっているのか、一瞬ひんやりとする。

どこか大胆で、がさつな感じのする老女だった。母の交友関係はよく知らないことに今さら気づくが、それにしても母が友達になるような雰囲気の人ではない。

「あの」

「ああ、ごめんなさい。あなたが、お葉書を送ってくださったのね」

泰子は「はい」と小さく言った。

もしかしたら母は死ぬ前にもう一度、この人に会いたいのかもしれない――。

四十年ものあいだ大切にしまわれた葉書や手紙をみつけて、そう思った。いや、それらがしまわれた場所をこのタイミングで思い出したことこそが、母からのメッセージだったのではないかと、そんな気さえした。だから泰子は沢村晶に向けて葉書を出したのだ。

だが、あらわれたのは老女だった。

四十年前、母は四十歳になるかどうかの年齢だった。周りの子どもたちからはおばちゃんと呼ばれていたが、今考えると、母は若々しく美しかった。そしてそんな母が会いにいった相手もそれなりの年齢だろうし、結婚していても不思議ではない。いやむしろ、結婚しているから帰ってきたのだろう。情熱につき動かされたとしてもどうにもならない事情で諦めるのが、四十歳の分別というものだ。

この老女はもしかしたら沢村晶の奥さんかもしれない。

泰子の勝手な思い込みで、母が大事にしまいこんだ過去を掘り起こすべきではなかったのだ。そう思うと、途端に自分が情けなくなる。

ところが老女は、「ああよかったわ。やっと会うことができた」と、心の底から懐かしむような笑みでベッドに眠る母をみつめた。不倫相手の妻が乗り込んできたようには思えない。

では、この人はいったい――。

「沢村晶です。あらためまして」

「え？　あなたが？」母を気遣っていた文面を思い出す。すると初対面なのに、その笑みがどこか親しみ深く感じられた。

「私たちね、幼なじみで中学までずっと一緒やったんよ。中学を出るとうちはすぐに引っ越したんだけどね」

「淡路島に？」

「そうなんよ。引っ越すことを話したら、芳乃ちゃん、何ともいえない顔してた。うちらの村は冬は雪に埋もれるの。それに何もない本当に貧しい村でね。私たち大人になったら絶対ここから出ようねって、いつも話してたんよ」

母から生家にまつわる話も聞いたことがなかったし、その故郷を訪ねたこともなかった。泰子が生まれたときには、母方の祖父母はすでに他界していたからだろうと思っていた。

「うちは母が再婚することになってね、それで私のほうが先に村を出たんよ。それまでの村での生活は私にとっては決して嫌なことばかりでもなかった。何より芳乃ちゃんがいてくれたからね。でも芳乃ちゃんは、いつもお父さんがお酒ばかり呑んでお母さんとけんかするし、自分が何をやっても絶対に褒めてくれないから嫌だって言ってね」

沢村さんは目を細めて母をみつめた。

「結局、うちの母の再婚もうまくいかなくなってねえ。だからって地元に帰ることもできずにいて、そうしたら初めて芳乃ちゃんが会いにきてくれたんよ」

泰子が勧めた椅子に、よっこらしょ、と言って沢村さんは腰を下ろして、「もう四十年になるのね」とぽつりと言った。

「ちょっと待っていてください」

自販機でペットボトルの温かいお茶を買ってきて差し出すと、「わあ、ありがとう」と沢村さんはうれしそうに言った。不器用な手つきでペットボトルの蓋をあけ、お茶を一口ごくりと飲むと、泰子が訊きもしないのにいろいろと話してくれた。

お母さんが病気になって、お金もなくてどうしようって、そんなことをつい電話で話した。すると何日もしないうちに会いにきてくれた。封筒に入れた数万円を差し出されたけど、さすがにそれは断ったという。

「あなたが生まれたとき、私が会いにいって以来、ずっと会ってなかったのにね」と沢村さんは言ってから、そうそう、と何かを思い出したような表情になる。

「おおらかでゆったりとした人生を送っていけるようになってほしい。そう考えて泰子っていう名前にしたって」

初めて聞く話だった。

「お父さんと一緒に一生懸命考えたんやって」

「そうなんですか」父と一緒に。食卓が蘇《よみがえ》る。一方的におしゃべりを続ける母と、終始黙々と料理を口に運んでいた父。そんなふたりが顔をつきあわせて自分の名前を考えた——。

母が戻ってきたのは自分がいるからだ。だがそれは自分を大事に思ってくれているという肯定的な考えではなく、自分のせいで母の自由を奪っているという思いだ。母が家を空けたあの二日間よりも前から、ずっと思ってきたことだった。

母の顔を見た。何も食べることができず、鼻に通された管から送り込まれる栄養と、腕に刺された点滴で、ぎりぎりこの世とつながっている母。

「芳乃ちゃん、ほんとは学校の先生になりたかったのよ」

「え?」

「夢だったのね。私は幼稚園の先生になりたいって言ったら、芳乃ちゃん、けたけたと笑って、そんなに太ってたら動けないよ、って」

母はけたけたと無邪気に笑う少女だったのか。泰子が幼かったころの母は、明るくふるまいながらも、どこかに卑屈さがあったようにも思う。

「でも芳乃ちゃん、結婚を決めたときはね、先生になるなんて夢みたいなこと言ってるよりも、ずっと現実的で、素敵なんだって言ってね」

「夢みたい?」

「だって先生って、ほら、大学行かないとなれないでしょう。私たちにとって大学に行くなんてとんでもない話で。時代なのか貧しさのせいなのか、多分、その両方ね。それよりも、この人ならって思ったんやって。この人についていけば村から出ていける。うん、この人なら自分の人生を懸けてもいいって。でも結婚して十年以上が経って会いにきてくれたときの芳乃ちゃんは、全然きらきらしていなくて」

　熱が冷め、いつしか屈託のない言葉や笑顔を向けることのできる場所を失った母は――。

「母は、なんて？」と訊いた声がふるえた。

「それがね」沢村さんはまたお茶をごくりと飲んで、「疲れたんよ、って。それだけ」と言った。

　ほんの少しのあいだ沈黙になった。静まり返った病室のなかに、母のかすかな呼吸音だけが聞こえる。

「もう四十年も経つのね。すっかり不義理しちゃって」

沢村さんは母の手を握って「やっと会えたね」と慈しむような目を向けた。

「あなたは大丈夫？」

「私は別に」と言ったが、あとの言葉が続かなかった。

「病人が出るとやっぱり大変なものよ。お父さんが入院されたときもね、それだけで気が滅入《めい》るって電話で言ってた。私たちなかなか会われへんかったけど、電話ではときどき話してたんよ」

　決して多くはない交流のなかで母は、沢村さんには昔のままいろいろ話せたのかもしれない。今やたったひとりの家族である自分にさえ母はそういったことは話さない。そうさせていたのは自分かもしれないと思うと、泰子の胸に棘《とげ》がちくりと刺さるようだった。

「芳乃ちゃんね、泰子ちゃんが学校の先生になったこともすごく喜んでたんよ。不器用な子やったのに、あの子はちゃんと自分の意志で教師になったって。自分が抱いていた夢のことなんてひとことも言うてないのに、って」

「そんなことを？」

沢村さんは大きく頷《うなず》いた。

「うれしそうに話したあと、ほんとは褒めたいのにうまく言えないって落ち込んでねぇ。私は親に認められたことがないからって、なんかしんみりしちゃって」

あんな小さな箱には入りきらない過去が、きっとたくさんあるのだ。だれだってそうだ。箱ひとつに収まってしまう程度の思い出しかないわけではない。

これまで自分が、母の人生について知ろうとはしなかったことにあらためて気づく。泰子をうまく褒めることはなかったが、諦めた夢を決して娘に押しつけようとはしなかった母。自立した人生にするのだと考えていた泰子をどんな思いで見ていたのだろう。

「逃げ出したくなるとお父さんの部屋にこもって、レコード聴きながら本を読むんだって。なんでうちの人、こんなのがいいんやろって思ってたけど、案外すてたもんじゃないって、芳乃ちゃん、笑ってた」

母は父を理解しようとしていたのだ。

「そういえば、泰子は真面目すぎて心配だって。会いにきてくれたときね、芳乃ちゃん、帰り際にぽつりと言ったんよ」

あの子も難しい年ごろになってきて、友達とうまくいかないことを気に病んでるみたいで。いつも一生懸命になりすぎる。だから心配で。でもおろおろするばかりで、どう声をかけてやればいいのかわからない。

そんなことを母は語ったそうだ。

「きっと知っておいてほしかったのね。こんな自分でも、家族のことはちゃんとわかるんやって、ね。でも、それ、本当はお父さんに言いたかったのかも」

悩んでばかりだった母の、だれかに知っておいてほしいこと――。

互いに違うところを見ているように思えた両親だが、あれはあれで理解しあっていたのだろうか。父は母がいなかったあの食卓で、泰子のテストの話を聞き、自分を認めるという言葉を遺した。母が素直に言えない言葉を父が代弁したのではないか。何も聞いていないようでいて、母のおしゃべりを聞いていたからこそ出た言葉なのかもしれない。

胸に抱えていたことを笑って話せる人が、母にはいたのだと思うと、本当にありがたいと思った。

面会時間は八時までだった。沢村さんは八時になる少し前に立ち上がって、「一週間ほど大阪にいる予定なんよ」と泰子にメモを差し出した。「私の携帯の番号」

「ありがとうございます」

沢村さんは泰子を気遣うように見て、「何かあったらいつでも電話してね」と言うと、キャリーバッグを引きながら部屋を出ていった。

部屋のなかはまた、しんとした。ただ母の呼吸音だけが聞こえる。

「お母さん、あの人に会えてうれしかった？」

母の手を握る。体温がかなり低いのか、手からは乾いた冷たさが伝わる。

結婚生活とか子育てとか、何かを守りながら生きていると、ふとその現実から逃れたくなるのかもしれない。

自分はどうなのだろう。教師という仕事をしてきて、きついなと感じたこともあった。三十年やってきたなかで、子どもたちを取り巻く環境は大きく変わった。たとえばここ数年、中学生の、スマホのなかで繰り広げられる友人関係のトラブルは、火種を何度消しても絶えることはない。SNSへの対応にも、次々と保護者が訴えてくることにもついていけないと思いそうになる。それでもなんとか、目の前で起こる、ときに複雑に絡みあった出来事のひとつひとつに、丁寧に対応してきたつもりだった。ただ自分は、逃げ出したくなるほど真摯《しんし》に向きあってきただろうか。

教師を目指して大学に入学したときも、教員採用試験に合格したときも、母がどんな顔をしていたのか思い出すこともできない。きっと何をやっても、母を喜ばせることなんてできないと思い込んでいたのだ。

握った母の手をみつめる。筋張って、皺だらけの手の甲にシミが浮いた、年齢が刻まれた手だった。不意に、母は母ができる精一杯のことをやってくれたのだという思いが湧いてきて、泰子は自分を責める。

「お母さん」

なぜか父の顔が浮かぶ。食卓で不機嫌な横顔を見せていた父と、母が不在のときの父。まったく異なる表情なのに、母は全部知っていたんだなと思う。すると父がこぼした「ロマン」という言葉まで思い出す。

泰子は母が育った環境に思いを馳《は》せる。

そして沙織の家庭のことを考える。生徒たちはみな、様々な事情を背負っている。それをきちんと知ったうえで彼らに寄り添うことが、自分にとっては「ロマン」なのではないか、と胸にすとんと落ちてくる。

母の呼吸が浅くなった。か細い空気音がふるえている。

母が息をひきとったのは翌日の月曜日だった。夕方、連絡を受け、すぐに仕事を終えて病院に向かった。だが病室に入ったとき、母はもう逝ったあとだった。

「たった今、でした。携帯のほうにかけたんですけど」

長井さんが申し訳なさそうに言った。

「昨日お見えになっていた女性の方、今日もいらしてました。そのときはお母さまもまだ、そんなにすぐ亡くなられるようには思えなかったんですけど」

沢村さんは今日も母を見舞ってくれたのだ。そう思うと、少し気持ちが救われる。

「ご遺体をきれいにしますので。どちらか葬儀社はお考えですか?」

父が亡くなってから母はある葬儀社の会員になっていた。そのことを話すと長井さんは、そこに連絡をして、あとは談話スペースで待っていてください、と言った。

ソファに座って泰子は葬儀社に連絡したあと、沢村さんに電話をかけた。

沢村さんは「え?」と声を漏らして、絶句した。泰子が今日も母を見舞ってくれたことに対しての礼を言うと、沢村さんは息をひとつつき、「泰子ちゃん、ありがとね」と言った。

「おかげで芳乃ちゃんと会うことができた。きっと芳乃ちゃんも喜んでくれたと思うわ」

その言葉に胸が熱くなる。ずっと昔からこの人を知っているような懐かしさがこみあげた。

「家族が死ぬとね、何をどうしても悔いは残るものだから。でも先に逝くほうはね、ちゃんと考えてそのタイミングを選んだのよ」

泰子を慰めようとして、沢村さんはそんなことを言ってくれているのだろうと思う。こんなふうに気遣える人が、母の親友だったのだ。

長井さんが呼びに来てくれた。彼女の後ろをついていきながら病室に戻る。

鼻に通されていた管も、点滴もすべてがなくなり、母はベッドのうえでまだ眠っているように横たわっていた。掛布団からわずかにのぞかせている肩で、病院の検査着ではなく、泰子が用意したパジャマを着せてもらったことがわかる。

「あの」遠慮がちに長井さんが声をかけてきた。

「お母さま、何もおっしゃらずに入院されたんですよね」

「ええ、まあ」

不甲斐《ふがい》無い娘だと思われているのかもしれない。

「娘をこれ以上煩《わずら》わせたくないの、ってお母さま、そうおっしゃってました」

これまでずっと事務的だった長井さんの口調が、やわらかかった。

「よけいなことを考える暇があれば、心ゆくまで仕事をさせてあげたいのだとおっしゃって。入院されてきた日でした」

長井さんは「すみません、よけいなことを」とつけ足したが、じっと泰子をみつめている。母の気持ちを伝えなければ、と思ってくれたのかもしれない。

母がだれかに知っておいてほしかったのは、泰子へのそういう気遣いだったのだろうか。

「いろいろ、ご心配をおかけしてたんですね」

「いえ、そんなことは。それでは私は」と、事務的な口調に戻った長井さんは、背筋をぴんと伸ばして深くお辞儀をすると、病室から出ていった。

母の手を握る。すっかり冷たい。初めて母が亡くなったことを実感する。

「お母さん」

もう二度と返事をしてくれることはない。そればかりか、葬儀が終わると、この姿も消えてしまう。親しい人に看取られることもなく逝ったことが、本当に最善のタイミングだったのだろうか。

病室のなかが、なんだかひんやりとする。

ああ、そうだ、あの日――。「自分のなかだけで考えて」と言ったあと、私にだって大事な人がいるんよと母は言ったのだ。そしてあきらが今大変で、と話していた。

母の「大事な人」は「あきら」という名前で、泰子はそれが男の人だと思ったのだ。父よりも大事な人。思春期だった泰子は、母にはやっぱりそういう人がいたのだとショックを受けた。

だが今にして思えば、それは窮状を訴えてきた幼なじみのことだったのだ。古い友人の話を持ち出した母に対し、父はいつものようにその話に耳を傾けることはなかった。

父は決して家族からまるごと背を向けるような人ではなかったと思う。父は父なりに家族のことを大切に思っていた。だからこそ食卓でおしゃべりを楽しむ余裕などないくらいに必死で働いていたのだ。ただ、あのときの父は、そんな自分が理解されていないと感じたのかもしれない。だからつい母に冷たくした。母は母で、自分だけが、人生の大半を懸けて守ろうとした家族から切りすてられると、本気で怯えたのかもしれない。

ずっと忘れていた母の言葉を思い出す。

「お母さんね、子どものころ、真っ白な雪に覆われると息が詰まりそうやった」

雪が降った日、母はぽつりと言ったことがある。

「外に出てみても、灰色の空と真っ白な雪に埋もれていて、ああ、また学校にも行けない、なんて思ってね」

しんみりと言って、母は力なく笑った。学校にも行けない。きっとそんな日は沢村さんとも会えなかったのだろう。子どもだった母にとっては、とてつもなく孤独な時間だったに違いない。

母が語った昔話はそれきりだった。学校にも行けないと子どものころに感じた絶望から抜けだして、ここまで生きてきた。

いつしか泰子は母の身長を越え、沢村さんに会いにいったときの母の年齢もとっくに越えた。母はそんな時間の流れをまっすぐに受け止めて暮らしていた。泰子が忙しいことも理解していて、縛られることなく心ゆくまで仕事をさせてあげたいと願ってくれた。泰子だけがいつまでもその場所に頑なに居続けていたのかもしれない。

ああ、お母さん。胸のなかで呟く。そのときふと母の顔が浮かんだ。「やっちゃん」と泰子に呼びかける、にこにこと幸せそうな母の笑顔だった。

「あ――」

あの箱のなかにあったぬいぐるみは、泰子が初めてひとりで作ったものだった、と思い出す。学校から出された課題に四苦八苦したのだった。裁縫が苦手だった泰子は、そういった類のものはいつも母に手伝ってもらっていた。けれどあのときは、ひとりで作ると言い張った。でも思うようにうまく指が動かなくて、できあがったぬいぐるみはちっともかわいくなくて、泰子はほとんど泣きそうになっていた。そんな泰子の頭を、母は撫でてくれたのだった。

あのときも母は、穏やかな笑みを浮かべていた。

娘の成長をひたすら見守ってきたこれまでの日々。父を看取ったあとも、父が建てた家を守り続けてきた晩年。何十年も会うことがなかったのに、逝く間際に会いにきてくれた親友。

思い出した母の笑顔が、豊かな人生だったと教えてくれたような気がする。

堰《せき》を切ったようにさまざまな思いが溢れてくる。

父の遺品を整理しながら母が、お父さんはね、「眠るひと」になったのよ、と言ったことがあった。「眠るひと」は心のなかにずっといて、いつでも話しかけることができるのだと。

ならば母もまた、泰子のなかに、眠るひと――。

これからはいつでも話しかけることができる、眠るひと。

大阪でこの冬、初めて雪が降った。

教室の匂いのなかで

梅雨の時期は特に、教室の匂いが独特だなと森野浩輔《もりのこうすけ》は思う。

大阪市の中央区北部、ビジネス街の一角にある今橋《いまばし》中学。どの教室の窓からも見えるのは大小さまざまなビルの姿だ。早朝から降りはじめた雨は、まだやまない。鼠《ねずみ》色の空の下、滲《にじ》む街並みのなかに強く発光しているのは、この春オープンしたばかりのコンビニだった。

降りしきる雨のせいで窓をあけることもできず、教室は空気がこもっていた。湿った土のような匂いに、数か月前に床に引いた油の匂いが混ざる。木の板張りの床に染み込んだ油の匂いは、浩輔が子どもだったころと変わらない。

教卓の前に立つ。生徒たちの座っている姿がより近くなるが、だれも浩輔と目をあわせようとしない。後方の窓際にいつもは目にしないものが置いてあることに気づく。

「あ、先生、ちょっとボール、置かしてもらってます」

浩輔の視線にすぐさま反応して、村雨恭斗《むらさめやすと》が言った。彼はバレー部に所属している。

「朝、時間なかったんで。一時間目が終わったら、ちゃんと体育館に持っていきますから」

この中学のバレー部は大阪府の大会では常に上位に勝ち進み、昨年、一昨年と、二年連続で近畿大会にも出場していた。恭斗はまだ二年生だがレギュラーだ。三年生が引退したあとは第一エースとしての期待も大きいのだとか。

「昨日の試合はどうやったんや？」

「勝ち残りました。また来週、試合あります」

得意げに言う恭斗は、この二年三組のなかでも、積極的に自分のことを語ってくれる生徒だった。

「で、昨日はどこまで行ったんや？」

「えっと」と、恭斗は前の席に座る古内拓《ふるうちたく》の肘を、指先でちょんちょんとつつく。「どこやったっけ」

拓がぼそっと呟いた。

「え？」と恭斗は自分の片方の耳を掌《てのひら》で覆って、拓に体ごと近づける。

あれ？　と浩輔は思った。

拓は体を引き気味に「岸和田《きしわだ》」と答えた。

恭斗は「そうそう、岸和田、岸和田」と拓の言葉をなぞってくりかえし、「おい、もっと大きい声で言えよ」と拓に笑顔を向ける。声に棘《とげ》はない。だから一瞬抱いた違和感の正体が浩輔のなかでぼやける。

浩輔は大学を卒業して一年間、同じ中央区内の別の中学に、理科の講師として勤務した。落ちつきのない生徒が多かったが、おしなべて人懐《ひとなつ》こかった。緊張しながら教壇に立った初めての授業が終わるやいなや、生徒たちに囲まれた。短い休憩時間に、彼らは「先生何歳？」「どこに住んでるの？」と、臆することなくプライベートな質問を投げかけてきた。おかげで浩輔は、すぐに打ち解けることができた。

だが、ここの生徒たちは少し様子が違った。着任して二年目になるが、教師に対して友達のように気安く話しかけてくることはほとんどない。二十代の若い教師のほうが生徒の心をよく摑んでいるよとベテランの教師たちは言うが、浩輔は、中学生にしては大人びている彼らを見ていると、摑み損ねていることがいくつもあるように思えるのだった。

遠慮がちに話す拓はやや人見知りもあり、いつも言葉少なで恭斗の後ろをついていく。恭斗のほうは天真爛漫で物怖じせず、拓に対しては同級生というよりも年の近い兄のように接している。

たとえば、そんな拓と恭斗——何かがこれまでとは違う。

だが浩輔は、ずいぶんと遠いところまで行くもんだななどと考えてごまかす。岸和田は堺《さかい》や高石《たかいし》、泉大津《いずみおおつ》などいくつかの市を越えた先にある。

「雨のなか、荷物を持っていくのも大変やったやろ」

実際、大変だと思う。でもそんなことを言う自分がどこか媚《こ》びているようにも感じて、浩輔はぎくりとする。

恭斗は「まあ、そこはレギュラーとか関係ないですから」と笑っている。彼がなんだか自分の手柄でも誇示しているように見えるのは、気のせいだろうか。

そして拓を見る。彼は無表情で、まるで自分には関係ないと言わんばかりだった。

「拓も荷物、運んだんやろ？」

「え？」

びっくりしたように顔をあげた拓は唇をわずかにあけたまま、その目が泳ぐ。

「当然ですよ」恭斗が答えた。「自分たちがつかうものは自分たちで運ぶ。それが俺らのチームのルールですから」

言いながら彼は、ちらちらと拓を見ていた。

男子バレー部は戦績もさることながら、よく練習もしている。それ以上にほかの運動部と比べて格段に挨拶がしっかりしている。自分たちは強いのだというおごりを感じさせない。でもそういうのと今の恭斗が放っている空気が、まっすぐに結びつかない。

相変わらず恭斗は「ま、試合出て荷物運んでやと、たしかに疲れてしまいますけどね」と、無邪気だ。ただそのすぐあとに「なっ」と、また拓の肘を指でつつくのが気になった。

「たしかに……疲れるよな」拓はぼそりと言って、前を向いた。

「なんだよ、気にすんなって。試合に出てたって、ちゃんと荷物くらい運ぶから」

明るい声で言う彼の表情は自信に満ちていて、周りの視線を十分意識しているようにも見えた。ところが拓は「そうやな」と素っ気ない。

やはり、ふたりの何かがちぐはぐだ。

恭斗は明朗な子だ。存在感もあって、クラスでは体育委員を務め、つい先だって行われた体育祭でもクラスの生徒たちをよくまとめていた。バレーボールがうまいだけではなく、身体能力が高くリーダー性もあり、周りからは一目置かれている。そして恭斗がバレー部でレギュラーとして活躍していること、一方で拓はずっと補欠であることを、このクラスの生徒たちは知っている。

だがこのとき、恭斗の言葉にだれも反応しなかった。二、三人の生徒が彼から目をそらし、ちらりと拓を見て、それから目線を前に向けていく。

恭斗は無言で、なんだよと言わんばかりの表情を浮かべ、窓の外を見る。

ふと浩輔の脳裏に、先ほど見たコンビニの光が浮かぶ。濡れそぼつビルの谷間で強い光を放っているのがどこか白々しくて、そこだけが浮き上がっているような灯火《ともしび》だった。

そこでちょうど一時間目始業のチャイムが鳴った。

廊下に出ると、空気はいっそうどんよりと沈んでいた。

三時間目に教室に行ったときには、もうボールバッグはなくなっていた。恭斗が朝言っていたとおり、体育館に戻したのだろう。

「ああ、もう！」小さく叫んで女子生徒が教科書の表紙をしきりに指で擦《こす》り、もうだれやねん、と文句を言っている。

表紙には靴跡がついていた。周りは知らん顔をしている。

この中学は外履きのまま校舎に入るから、教室の床にはどうしても砂が多いし、こうして落としてしまったものを間違って踏むと、靴跡が簡単についてしまう。

浩輔はだれにもわからないようにため息をつき、教壇に立つ。

この日の授業は教室で、化学変化についての学習の予定だった。

授業はスムーズに進み、みな熱心に浩輔の板書を書き写している。教室のなかは静かで、ノートの上を滑るシャープペンシルの音が聞こえるほどだった。

そのとき浩輔の背後で大きな音が響いた。驚いてふりむくと、窓際の列のまん中辺りで椅子に座ったまま拓がひっくり返っていた。

え？　何？　といった声が周りから聞こえる。

「おい」と言ったものの、浩輔は咄嗟《とっさ》には動けなかった。一瞬、怖くなって足がすくんだのだ。もちろん目の前にいる生徒たちに怯《ひる》んだわけではない。

「いってぇ」と、呻《うめ》くように言いながら拓は体を起こした。肘を押さえている。

「お前？　まじ？」と恭斗が驚き、拓は肘を押さえたまま半笑いになる。だがよほど痛いのだろう。拓は「いっ」とまた声を漏らして顔をしかめた。

「お、おい、大丈夫なのか？」

浩輔はようやく拓のほうへ近づく。

「大丈夫、大丈夫。こいつ、いつも大げさなんですよ」と恭斗は笑いながら拓を見る。

「お前さぁ、授業中に寝るなって」

何人かの女子生徒がくすくすと笑っている。

「よそ見して歩いてるから、よくぶつかるし」

沼田裕也《ぬまたゆうや》が言った。ほんま、それな、と同調したのは津本健《つもとけん》だった。周りもそれに呼応するように、ふっ、と鼻で嗤《わら》う。

ちょっと嫌な雰囲気だった。浩輔は体の芯が強張《こわば》ってくるのを感じる。拓はもう椅子を起こして座っていた。

「寝てたのか？」

寝てたのかって。だれかがばかにしたような声で囁く。もうちょっと訊き方あるよね、と違うだれかが呟いている。

「寝てました」拓ではなく、また恭斗が言った。「練習もちゃんとやるけど、授業中は絶対寝ない。それも俺らのチームのルールなんですよ。だから起こそうと思って背中ついたらこけました」

そんな恭斗の言葉がすべて真実とはどうしても思えず、「なんだ、疲れてるのか？」と拓に確かめたくて訊く。

だが、真に受けてんのかよ、とだれかが吐きすてる。

堂々と人前で発言はしないのに、こんなふうにこそこそと、でも聞こえよがしに呟く。ドライなのにまったく無関心でもいられない。教師に対して親しげに話しかけることはしないが、言いたいことは実は山ほどあって、それを直接ぶつけることもしない。

浩輔が今橋中学に赴任してから覚える気疲れは、こういった空気が原因なのだろう。

「肘、大丈夫か？」

「大丈夫です」

拓は慌てて肘を隠すように掌で覆う。

「こいつ、部活んときも最近、ぼーっとしてるんですよ。なんかやる気ないっていうか。それならせめて勉強もっと頑張れよって、こないだも言うたんですけど」

勉強は拓のほうがずっとできることを、恭斗もきっと知っているだろうが、苛《いら》立《だ》ちを含んだ声でそんなことを言う。そして最後に「でもこんなですから」と、呆れたように切りすてた。

見て、なんにも言い返さない、と女子が言えば、だって拓やもん、と男子が嘲笑《あざわら》うように呟く。

この中学の生徒はこういう言いまわしをよくつかう。何か特定のことができないと、それはその人物だからできないのだといったような意味でだ。その人物がその人物であるということを否定的に、あるいは侮蔑的に表現しているとでも言えばいいのか。

「先生、早く授業進めてください」

女子生徒が、もうこれ以上時間を無駄にしないでください、とでも言いたそうな顔つきで浩輔を見上げている。

授業が始まる直前、靴跡がついた教科書の表紙をしきりに指で擦っていた女子生徒は、友達がいないわけでもないし、だれかが教科書を故意に踏んづけたわけでもないだろう。たいした出来事ではないのだが、そんな一幕を取ってもみな、どこか他人の困り事から目をそらしているようにも思える。

「でも、もう少し心配してやってもいいんとちがうか？」

「先生、なんでそこで熱くなるんですか？」

「別に熱くなんて」あまりにも冷静に言われ、浩輔はたじろいでしまう。

もう一度「早く授業、進めてください」と彼女は言う。見事なほど毅然《きぜん》としていた。

拓を見ると、何事もなかったかのように机に向かっている。もう肘を押さえてもいない。それを確かめると、浩輔は教壇に戻り、授業を再開した。

やっとかよ、と男子生徒が呟いている。

授業中に転倒してしまった拓のことをあからさまに嗤ったりはしないし、逆に、まったく無関心というわけでもない。けれど彼らにとって、他人のトラブルがあまりにも軽い。いや、拓の存在そのものが軽く扱われているのではないだろうか。

板書を続けながらも浩輔は背中に嫌な空気を感じていた。やがて板書を終えると、生徒たちの様子を見ながら説明を加える。ほとんどの生徒が平然と浩輔の説明を聞いている。先ほどのことがなかったかのようなその様子がどうしようもなく不条理に思え、うすら寒ささえ覚える。そんななかで、恭斗だけがじっと浩輔を見ていた。

授業が終わって浩輔は教科書やチョークを片づけた。

雨はやんでいた。

「おい、行こうぜ」と恭斗が裕也に声をかけ、教室の入口へ向かう。そこに健も合流して三人で教室を出ていった。

裕也と健はサッカー部だ。これまでだと、その裕也と健と恭斗、そこに拓も加わって四人で行動することが多かった。気になって浩輔は拓を呼んだ。自分が拓のそばに行くよりもそのほうが不自然ではないと思ったのだった。

辺りに視線をちらりとやって、拓は教卓までやってきた。生徒たちの何人かは廊下に出ていった。教室にいる子たちは銘々グループにわかれて談笑している。

「何かあったんか？」

「それって、どういう意味ですか？」拓は怯《おび》えたように浩輔を見上げる。

「恭斗と、何があった？」

拓の瞳がわずかに揺れ、教室の前方の入口を見る。浩輔もその視線につられて左横を見る。そこには恭斗が立っていた。彼はじっとこちらを見ている。

「拓、早くしろよ」

恭斗の後ろに、裕也と健の姿も見えた。

拓が仲間はずれにされているというのは浩輔の勘違いだったのかもしれない。だが、どこか恭斗たちに見張られているような気分になる。

「もういいですか？」

「でも」

「ほんまになんでもないんで」

こうして拓を引き止めることが、余計に彼の立場を悪くするのではないかと思ってしまう。見張られているのは浩輔ではなく、拓のほうだ。

松川栄治《まつかわえいじ》の怯えた瞳が蘇る。ひっくり返った拓の姿を見たときによぎったのは、何かされるんじゃないかと、いつもびくびくしながら座っていた栄治の丸まった背中だった。中学で二年生の途中まで同じクラスだった浩輔の——友達。

「なんでもないんで」ともう一度言って、拓は教室を出ていってしまった。

きっとなんでもないはずはないと思う。それなのに自分はまた何もできないんじゃないかという思いがこみ上げ、巻き戻せない時間の奥底に引きずられていく。

浩輔が中二のときだった。授業中、静まり返った教室のなかで突然椅子ごとひっくり返ったやつがいた。痛い痛いとくりかえすそいつを見て教室中が声をあげて笑った。まじか？　どんくせぇ。そんな声が飛び交うなかで、先生もにやにやと笑っていた。

ひっくり返ったのは松川栄治だった。

栄治とは小学校のころからずっと一緒だった。特別仲がいいわけではない。互いに別のグループに属していたし、学校から帰ったあとに、あるいは休みの日にわざわざ約束をして遊ぶなんてこともなかった。適度な距離を保ちながら栄治も浩輔も中学生になった。

進学したのは地元の公立中学だった。中一の一学期のある日、教室のなかで数人が国語の宿題のことを話題にしていた。

前回の授業で学習した小説の、その場面での主人公の気持ちを書くというものだった。

宿題や提出物は完璧にやっておきたいと常に考えている。浩輔はそういう子どもだった。だがこの宿題には手をつけられずにいたのだった。そんなことは初めてだったから、そしてそれが栄治と仲良くなるきっかけになったから、浩輔はそのときのことをよく覚えている。

たしか浩輔が、国語のノートを開き、どうしたものかと首を捻《ひね》っていたときだった。「これ」と、目の前にノートを差し出してきたやつがいた。顔をあげると、そこに栄治が立っていた。

「何?」

「見せてやるよ。そのかわり僕に、理科と数学を教えてくれへんか」

にこりともせずに栄治は言った。

「いいけど、別に」浩輔もにこりともせずに応えた。

栄治は国語が得意だった。なかでも小説が好きだと言っていた。なんでと訊くと、「疑似体験みたいなもんや」とほんの少しだけ気取ったように言って、すぐに恥ずかしそうに微笑《ほほえ》んだ。そんな様子を見て浩輔は、こいつの前ではなんだか安心できると思った。

ただ、ギジタイケンという言葉の意味がよくわからなかった。多分浩輔はぽかんと口をあけて、呆《ほう》けた顔をしていたのだろう。「こんな字を書くんや」と言って栄治は、ノートの隅っこに「疑似体験」の四文字をささっと書いてくれた。

「なんで主人公の気持ちなんてわかるんや。なんでそんなの、読んでる俺らが考えんとあかんのや」

ずっと頭のなかにあった、先生にも訊けない疑問を口に出してみた。

「主人公の心情ってやつが、たいがいは書かれてるよ。そうやなかったら、そこに描かれてる主人公以外の人物の反応や情景描写から読み取るんや。で、なんでそんなことをするのかって言われると、人間には想像力があるから、それをもっと鍛えようとしてるんやないかな」

無口だと思っていた栄治が意気揚々と語ったことが、とても印象深かった。

浩輔は何も言えず、「想像力……」と栄治の言葉をなぞった。そんな浩輔に栄治は、想像力があるかないかが人間と動物の決定的な違いなのだと教えてくれた。

それから、なぜ浩輔は理科が好きなのかと訊かれた。ただ古代生物に興味があってと答えると、栄治は「じゃあ、想像力ってわりと大事なテーマやん」と言って笑った。

そのときの浩輔にはよくわからなかった。

「授業ってこうでなければいけない、みたいな感じになるやろ。ほんまは小説読んでいろんなことを感じる。それだけで十分やと思うんや。心の栄養ってやつ」

浩輔はわかったような顔で「心の栄養な」と呟いたが、胸のうちでは、栄治はこんなことを考えていたのかと感心するばかりだった。すると、これまで近くにいながらじっくり話したことがなかった栄治が、実は自分の知らないことをたくさん知っているような気がした。たとえば休憩時間にグラウンドを駆けまわって他愛《たわい》もないことで笑いあう。浩輔にとって友達とは、そういう相手だと思っていた。だからこのときの栄治との会話は、浩輔にはとても新鮮に感じられたのだ。

二年生になっても栄治とは同じクラスになった。

五月、連休もあけて数日経ったころだったと思う。その日は雨だった。昼休み、栄治は「親が喧嘩をして」としょんぼりとした様子で話しはじめた。放課後も教室で栄治はその続きを話し、浩輔はそんなに気にすることないよなどと言っていた。雨脚が強くなってきていた。ほかにも何人かいて、それぞれ別の話題に興じていた。

そのとき土橋《どばし》が教室に入ってきた。土橋とは二年生で同じクラスになった。違う小学校の出身だったが、一年生のときから勉強も運動もよくできるやつだ、くらいには知っていた。背も高く顔立ちも端整で、周りからはちょっと注目される存在だった。多くの級友たち――特に女子にとっては魅力的なやつだったと思う。だが浩輔は彼と距離を置いていた。土橋とつるんでいるやつらともあまり話さないようにしていた。

彼らはいつだってクラスのまん中にいた。彼らの周りで弾けるような笑いが起こっても、浩輔がその笑いを理解するのはいつも一拍あとだった。ああそうかと理解したころにはもう次の話題になっている。テンポよく繰り広げられていく彼らの会話には、自分とは無縁の学園ドラマのような軽快さと華やかさがあった。そんな輪のなかでちょっとでもずれたことを言えば、途端にばかにされるか冷たくあしらわれるだろう。彼らにあわせてついていったところで、そういう憂き目を見る自分を簡単に思い描くことができたし、それだけではなく、ときおり聞こえてくる土橋たちの、ひそひそとした声でくりかえされる悪口がけっこうひどかったからだ。多分、先生も気づいてはいない。

そんな土橋が「よお、栄治」と声をかけて近づいてきた。

「お前さあ、いいのかよこれ」

土橋は栄治の机のなかに勝手に手を突っ込んで何かを引っ張り出し、「エロ本」とにやにやして言った。

表紙には、そのとき話題になっていたアダルト女優の半裸の姿があった。

「え？　なんやそれ」

栄治は慌てて雑誌を取ろうとした。土橋は雑誌を掲げて何度もかわし続け、栄治は両腕を動かすが、その手は不恰好に空《くう》を摑むばかりだった。

「これって先生に言うたら、親、呼び出されんのかな。妹もびっくりするんやないの？」

中学生男子が女の裸に興味がないわけではないが、栄治がそういうものを机に隠し持っていたことに、浩輔は心の底で衝撃を受けていた。

「知らんし」と栄治が言った。

そんな口調も意外だった。浩輔には栄治の存在がなんだか遠く感じられた。

「いいっていいって、ちゃんと黙っててやるから」

と、そこで浩輔に視線を移した土橋は、珍しいものでも見るような顔つきになった。

「あれ？　お前ら、もしかして仲良し？」

困惑した表情の栄治を一瞥《いちべつ》し、浩輔は「俺、塾があるから」と言い残してそそくさと退散した。

湿った空気のなかに、重く沈むような匂いがしたのを覚えている。

栄治はなんであんなものを持っていたのだろうと、帰る道すがら考えた。すると、これまで知らなかった栄治の顔を見たような気がだんだんしてきて、混乱した。土橋とかかわりたくないと思ったのはたしかだが、その土橋と栄治は実はどこかでつながっていたんじゃないかと、そんなことまで思い、浩輔は悔しいのか、哀しいのか淋《さび》しいのかよくわからず、自分の気持ちをあらわす適当な言葉が浮かばなかった。

それからなんとなく栄治を避けてしまう日が続いた。

体育祭のメンバー決めもこのころだったと思う。だが正確には、そのふたつの出来事は、どちらが先だったのか浩輔の記憶は定かではないが。

最後まで決まらなかったリレーのアンカーに土橋が栄治を指名した。土橋自身は第三走者として出場することになっていた。担任は喜んだ。だって目立たない、決して人前に出ようとしない栄治に活躍の場を与えてやろうとする、それが土橋の計らいだと思ったからだ。

だが浩輔には、そんなふうには思えなかった。土橋はただ、あいつを指名しておもしろがっていただけなのだ。

体育祭の当日。リレーは最初負けていた。バトンを受け取った土橋が追い上げ、前に出た。そして一気に相手を引き離していく。だれもが目が釘づけになるほど彼の足は速く、その姿は美しかった。バトンはそのままアンカーの栄治に渡された。痩せっぽちで足も細く走り方もぎこちなくて――そんな栄治が走るのをみな冷ややかに見ていた。栄治は後ろから追い上げてくる走者に抜かれそうになるのに、首と手を奇妙に動かしながらペースをあげていく。そんな必死で走るあいつの姿にいつしかだれもが見入っていた。このままいけば勝つ。そういう局面だった。その足がコーナーに差しかかると、浩輔もほかのやつらと一緒に固唾《かたず》を呑んで見守った。

ところが栄治はその大事な場面で転んだ。あーあ、もう、と落胆する声があちこちから漏れてきた。だが栄治は立ち上がった。膝から血を流しながら、そしてその足を引きずりながら最後まで走りきった。やってくれるやんけ、と呟く声が聞こえた。ほんまに、と言って拍手したやつがいた。そのうち拍手はどんどん増えて大きくなり、やがて他学年にまで広がっていった。

栄治とゆっくり話すことのない日が続いていた浩輔は、このあと彼になんて声をかけようかと考えた。なんだかうれしくて、わくわくとした。

体育祭が終わってから、担任は教室で栄治を褒めちぎった。

ふと見た土橋の顔が強張っていた。

教室を出るとき、栄治はふりかえって浩輔を見た。目があうと、栄治は遠慮がちに微笑んだ。それだけだった。結局、浩輔は栄治に何も言えないままだった。

それから何日もしないうちに土橋が、ところどころ濡れ、砂や葉っぱがついた雑誌を投げるように栄治の机のうえに置いた。表紙には若い女のきわどい水着姿があった。土橋が周りにも聞こえるように「お前、落としてたから拾っておいてやったよ」などと言えば、それまで栄治と話したこともないやつが「俺にも見せてくれよエロ本」と、栄治を見てにやにやと感じの悪い笑みを浮かべる。

普通なら冗談ですむようなことが、栄治相手だとそうはならなかった。「お前、いつもあんなの見てんの?」「わからんもんやな」と栄治を揶揄《やゆ》する声が多くなり、浩輔はますます栄治に声をかけることができなくなっていた。

雨の日が何日も続き、教室のなかはじめじめとして独特の匂いがする。それが数か月前に床に引いた油の匂いだと知ったのは、そのころだったと思う。

土橋が汚れた雑誌を栄治の机の上に投げつけるたびに、周りは「またかよ」「キモいやつ」などと無責任に吐きすてる。もうだれも笑みなど浮かべていなかった。

そして土橋たちの行動は日に日にエスカレートしていった。

トイレから戻ってきた栄治の髪が濡れていたことがあった。それ以来彼は、休憩時間にトイレにも行かず教室の自分の席にじっと座ったまま過ごしていた。だがそうそうトイレをがまんすることもできない。だから授業中に行くことが増え、事情を知らない先生からは注意を受けていた。

それでも栄治は毎日休むことも遅刻することもなく登校していた。彼が教室に入ってくるのを待ち受けて土橋が「お前、また来たの」などと言い、周りにいた数人がそれにあわせて「まだわからんのかよ」と冷たく言い放つ。浩輔は栄治に「おはよう」と言うこともできず、自分の席に座ったまま目を伏せる。だんだん見ていられなくなっていたのだった。

いじめられているのが自分とはあまり親しくはない、よく知らないだれかだったら、割って入ることは案外らくなのかもしれない。しかしそれが自分にとって身近な人間だと、いじめられている苦しさとか、悔しさとか、そういった理不尽でとてつもなく辛い気持ちが自分のなかではっきりと輪郭を浮かび上がらせる。すると途端に腰が引けてしまう。

そのときの浩輔もそうだったと思う。多分、知らないだれかとかかわるよりもずっと、火の粉が自分にふりかかってくる可能性が高くなるからではないだろうか。

先生に相談しよう——あたかもそれが正当で一番いい選択だと、自分に言い聞かせた。

それからもこっそりと見張るように土橋を目で追った。そのうちに先生に相談するのだからと心のなかで言い訳しながら、栄治のことも見ていた。でも栄治のことを見るときは本当に気をつけていた。栄治を気にしていることを悟られてはいけないと思ったのだ。

土橋たちは栄治の机にわざとぶつかっていっては、「やべぇ」とか「きったねぇ」などと言う。栄治はひたすら俯《うつむ》いていた。教室掃除で先生がいないと、「ばい菌がうつる」と言って栄治の机の脚にほうきを引っかけて運ぶ。特別教室への移動のときはあからさまに階段のうえから背中を蹴ることもあった。体育の時間のあとは最悪で、着替えている途中の栄治のパンツをずらしたりもした。

「これ食えよ」と土橋が差し出したのは、ノートをちぎった紙だった。それは栄治自身のノートで、授業中にあいつがきちんと書いたものだった。

ある日の昼休み、これから昼食というとき栄治の弁当はすでに空っぽだった。

「松川くんが休憩時間、勝手に、弁当食べてました」

ない。

当時の担任は驚いたように栄治を見ると、それが真実かどうなのかを栄治に確かめることもせずに「そんなことしたらあかんやないか」と言った。もちろん理由なんか訊かない。

栄治は何も言わず半笑いを浮かべていた。

土橋が言った。

さっさと先生に相談しなかったことを深く後悔した。じゃあ、どんなふうに言えばちゃんと伝わったんだ、と叫びそうになった。それにもしチクッたと思われたら、今度は自分が標的になる。それを先生はきっとどうすることもできないだろうし、新たな標的ができれば周りはおもしろがるに違いない、と思った。

自分が行動を起こさなかっただけなのに、先生や周りのせいにしていたのだ。

そのころにはもう栄治へのいじめは「だれもが知っている」ことだったのも事実だ。だから、もしかしたら先生ももう知ってるんじゃないかと、どこまでも自分に都合のいいように考えようともしていた。

だが、このときの弁当の一件でもうだめだと思った。この事態をもうだれにも止めることはできないし、先生はどこまでいっても土橋の味方なのだと痛切に感じたのだ。

当然だ。土橋が、こう、と言えばクラスの意見はすぐにまとまる。体育祭のメンバー決めも校外学習の班分けもあっという間に決まる。勉強もできる。土橋がいるとクラスの平均点が上がると言って先生は喜んでいた。土橋の存在は貴重だったが、栄治はそうではなかった。平等なんて嘘だ、これが中学校の現実なんだと浩輔は思った。栄治が授業中に突然椅子ごとひっくり返ったのも、この弁当の件があったころだったと思う。

後ろの席のやつ——土橋でもなく、土橋と普段からつるんでいるわけでもないやつが、栄治の椅子を無理矢理引いたからだ。そしてそんな顚末《てんまつ》を何人もが見ていた。みな無様にひっくり返った栄治を嘲笑った。

栄治が唯一、いきいきと過ごせるのが国語の時間だった。あいつは本当に小説が好きだったし、小説以外の文章を読み解くのも得意だった。土橋たちにどんなにいじめられ、どんなに暗い顔をしていても、国語のときだけは一生懸命に顔をあげて前を向いていた。学校に来て、ひとつでも楽しいことがあればいい。浩輔は、あいつの保護者にでもなったような気持ちでそんなことを思っていた。自分はもうずっと前に、栄治と学校の外でも話すことをやめていたくせに。

土橋たちは執拗《しつよう》に栄治に絡んでいき、「お前が勉強なんかしてもムダな」などと笑いながら栄治のペンを取り上げたり、消しゴムをちぎったりした。ノートを破くこともしょっちゅうだった。それでも栄治は授業中にノートを書くことを決してやめなかった。かつてあいつは浩輔に理科と数学を教えてくれと言った。互いの家を行き来し、肩を並べて一緒に問題を解くことはもうすっかりなくなっていたが、ノートを破かれてさぞ困っているはずだと思っていた。だから浩輔はときどき朝早くに登校して一番に教室に入り、あいつの机のなかにそっと理科や数学のノートを写した紙を放り込んだ。それが自分にできる精一杯のことだと浩輔は思っていたし、ものすごくいいことをしているとも思っていた。困っている友達をだれも知らないところで助けてやっているのだと。

朝、登校してノートの写しをみつけると栄治は肩をぴくんとさせて、こちらをふりかえる。栄治はきっと喜んでいるのだろうと思った。浩輔は決して栄治と目をあわさず、注意深く俯いた。

タイミングはおかしくなかったか。栄治が自分を見たことをだれも気づかなかったか。浩輔が気にしていたのは、栄治よりも栄治以外の多くのやつらの目だった。

そんな数日がすぎたある日の国語の時間も、栄治は決して浩輔に顔を向けることはなく――このころはもう、栄治は浩輔を見ることはなかったが――、一生懸命黒板の文字をノートに写していた。たしかそのときの授業は「枕草子」だったと思う。栄治は先生から指され、口語訳を的確に答えていた。さすが松川くんねなどと先生は言い、栄治も笑みを浮かべた。あの歪《いびつ》な半笑いではなく、ほんの少しだけ誇らしそうな笑みだった。

それが土橋には癪《しゃく》だったのだろう。土橋は栄治めがけてあろうことかコンパスを投げつけた。土橋は栄治の些細な自尊心も許さなかった。周りにいたやつらも浩輔も息を呑んだ。そんなものを投げるなんてどうかしている。コンパスは栄治の首筋に命中した。幸いなことに針は刺さらなかった。でもかなり痛かったと思う。栄治は「いっ」と叫んだ。

みな、栄治からも土橋からも目をそらしただけだった。黙殺というやつだ。どうかしているのは土橋だけではなかった。

さすがにその日の放課後、浩輔は職員室に国語の先生を訪ね、僕から聞いたこと絶対に内緒にしてほしいんですけど、と前置きをして訴えた。

「コンパスが松川くんにあたったの、あれ、松川くんめがけて投げたやつがいるからなんです」

国語の先生は自分の母親よりも少し若いくらいの女の先生だった。担任にはずっと言えなかったことのほんの端っこを、やっとの思いで浩輔は他人に話したのだった。

ちょっと悲しげな表情を浮かべた先生を見ながら、それはだれなの、という言葉を期待した。土橋の名前を自ら口にするような勇気はなかった。

だが先生は「そうだったのね」と呟いたあとは黙り込むだけだった。そして、ため息をひとつついた。

「でもね、私が勝手にどうこうすることはできないの。だから担任の先生にまずは相談するから」

たしかそんなことを国語の先生は言った。なんやそれ、と浩輔は思ったのを覚えている。自分の意気地のなさは棚にあげたまま。それから「あなたのことは言わないから大丈夫」と言われた。自分が話したことは内緒にと頼んだのは自分だ。だがそれがどんなに卑怯なことかを思い知った。

「そうやなくて」浩輔は必死で訴えた。「あいつ、松川くんは、国語の時間がほんまに好きなんです。国語のときだけいつも顔をあげて授業聞いて。ねえ、先生」

そこで浩輔は口を噤《つぐ》んだ。栄治の国語の教科書が廊下に落ちていたことがあったと思い出したからだ。表紙にはいくつもの靴の跡があった。コンパスのことだけを話しても先生はきっとわかってくれない。そんな気がしたのだ。そして、その教科書のことはどれくらい前の出来事だったのか覚えておらず、なおさら、口に出すことができなかった。

そんな浩輔をじっとみつめて、先生は言った。

「あなた、彼のこと、よく見てるのね」

そんなに見ていて知っているのに、あなたは何をしているのと責められたような気持ちになった。そう俺は栄治のことも、周りのあいつへのいじめもいろんなことを知っている。それなのに、なんにもせずにいたこれまでの自分の狡《ずる》さが、心底、嫌になった。

栄治は国語が好きだから、というのはもちろんあった。でも本当は、国語の先生に相談するのが精一杯だった。これがほかの先生にだったら、もっと何も言えなかっただろう。あいつの唯一の学校に来る目的を奪ってしまったら、あいつはもう学校へは来られない。それすら伝える術はもうなくて、浩輔は黙り込んでしまった。するとと先生は、「先生たちだれも、松川くんのこと、気づかないでいたわ」と、平然と言った。

初めて、こわい、と思った。

浩輔は先生たちに期待することをやめた。

なぜこんなことになってしまったのだろうと、ひとりで何度も考えた。思いあたるのは体育祭でのリレーのことばかりだった。運動神経も悪くて勉強もたいしたことない、見た目も自分よりもずっと劣るはずの栄治が、自分よりもたくさんの拍手を浴びるなど、土橋にとってあってはならないことだったから――。

栄治が転校したのはそれから少しあとだった。

「松川はお父さんの仕事の都合で急に転校することに決まったんや」と担任がホームルームで話した。土橋は腕を組んで唇の端を歪《ゆが》めていた。浩輔は、これまで休まなかった栄治がその三日ほど前から学校を休んでいたのに、電話一本せずにいた。

あの最初の「エロ本」のとき――雨の日の教室での出来事がよぎった。世の中にあるものはすべて自分のために存在し、欲しいものはなんでも手に入る。そんな自信に満ち溢れた土橋の、悪意が透けて見えた笑みを前にしてすくんでしまった自分。土橋に「お前ら、もしかして仲良し?」と訊かれたとき、「俺ら友達やけど」ときっぱりと言い返すこともできず、一瞬でも栄治のことを遠ざけようとしてしまったこと。「栄治」と、その名を呼ぶことすらできなくなっていた日々。

事態をまったく把握せず何ひとつ深刻に捉えようともしなかった担任と、土橋のにやついた顔が脳裏に焼きついていくようだった。栄治がつかっていた机を見るとフックが曲がっていた。

胸の奥が痛くなった。まるで、知らないうちにぶつけてできたあざを、服のうえから押されているようだった。あざには無数の柘榴《ざくろ》色の点々があって、相当痛いはずなのに、何日も経ってからようやくその痛みに気づく。その痛みは、ぶつけたときよりもずっと深くなっている。

眠りの浅い日が三日ほど続いていた。

拓と恭斗の様子が引っかかっていた。なかなか寝つけず、仲がよかったはずのふたりの関係がこじれたきっかけはなんだったのだろうかと考える。それが浩輔の中学時代と重なり、目をあけてしまう。ベランダから射し込むかすかな光のなかで見上げた天井に、あの数か月間の出来事が次々と映しだされていく。土橋の顔や、一緒になって栄治を見てばかにする集団の空気や、あのときの教室の匂いがまざまざと蘇る。あなた、彼のこと、よく見てるのね、という声まで聞こえ、怖くなって浩輔は目を瞑《つむ》る。すると今度は栄治の卑屈な笑みやいつも怯えていた背中が浮かぶ。そこから目を背ける中学生だったころの自分の姿が見えて、吐き気さえ覚える。

「先生」

教壇に立っているのに、目の前にいる生徒たちの顔がぼんやりと霞んでいた。視線が追っていたのは当時の担任だったか、国語科の女の教師だったか、それとも土橋や栄治だったか。夜になればあんなにもはっきり思い出されるのに、今は、もうどの顔もその輪郭だけがおぼろげに浮かんでくるばかりだった。

「先生、あの」

それが自分に向けられた声だとやっと気づいて、浩輔は声のほうを見た。拓だった。

「どうした？」

「あの、ノート、提出できません」

その日は授業の最後にノートを提出させることになっていて、すでに集められたノートは教卓の上に積み重ねて置かれていた。

「ああ、ノートか。何かあったんか？」

「いえ、ちょっと」ほんの一瞬だが拓の視線が左方向へ流れた。

恭斗だ、と思った。

「ちょっと、どうしたんや」

「あ、その、持ってくるのを忘れたから」拓は何か言いよどんでいるようにも見える。

「ノートはまた今度でもいいけど」

拓の顔色がなんだか悪い。浩輔は拓の顔を正面から見据えた。「何か事情があるんやないか？」

それには応えず「次の時間に出しますから」と無表情で言うと、拓は戻っていった。

周りの席の生徒たちを相手に、笑みをこぼしながら話している恭斗の表情に翳《かげ》りはまるで感じられない。ところが拓が席に近づくと、入れ替わるように彼は立ち上がる。拓を見ようともせず教科書とふでばこを持って教室の入口に向かう。そこに裕也と健が合流する。三人ともまるで拓を避けているみたいに。

教室にいた生徒たちもみな教科書とふでばこを手にしながら立ち上がり、何人かで連れ立って教室を出ていく。

「先生、そろそろ教室、閉めますけど」

日直当番の女子生徒が言った。

「ああ」浩輔は慌てて教卓の上を片づける。

「電気、消しますよ」と言うと、こちらが答える前に彼女はスイッチを切った。

昼間の教室は電気が消えてもそう暗くなるわけではない。でもまだ拓がいるのだ。彼女の無関心ぶりはこのクラス全体の雰囲気にもつながっている。

当の拓は、いかにもやる気がなさそうに机のなかから教科書を出している。

「先生、早くしてください」女子生徒は拓には声もかけず、そんなことを言う。

「いいよ、俺が閉めて、鍵、預かっとくから」

「え？　いいんですか？」彼女の表情が途端に変わった。

「授業が終わったら、職員室に鍵を取りにきてくれ」と言っているうちに、拓が教室を出ていった。

「わかりました」と言って、その女子生徒も行ってしまった。

「拓！」浩輔は叫び、あとを追った。浩輔の声が聞こえてないはずはないだろうに、拓は見る間に遠ざかっていく。

いつからそんなふうに休憩時間をひとりで過ごすようになったんだ。訊くべきだと思った。階段を下りていく拓の背中は、浩輔のなかで栄治の後ろ姿と重なっていた。

踊り場でつと拓が止まった。浩輔が追いつくと、拓の足もとにノートが一冊落ちていて、拓と向きあうように東原《ひがしばら》睦実《むつみ》が立っていた。

睦実も浩輔が受け持つクラスの生徒だった。黒っぽいプラスチックフレームの、分厚いレンズのめがねをかけ、肩の下まで伸びたまっすぐな黒い髪を後ろでひとつに結わえた女の子だ。真面目で、笑顔の少ない地味な印象の子だった。

睦実がノートを拾い上げ、「これ、古内くんの？」と言うと、拓は、あ、と小さく叫んだ。

持ってくるのを忘れたと今しがた言っていた拓の、理科のノートだった。

思わず浩輔が「拓、そのノート」と言うと、睦実がぎょっとしたようにこちらを見た。だが拓は「きっと落としたんやと思います」と、淡々としている。

そこに恭斗が階段を駆けるようにのぼってきた。睦実がノートを持っているのを目にすると、「ちょっ、なんで」と顔をしかめる。それから睦実の顔をまじまじと見て「なんで東原さんが持ってんの」と呟いた。

えっ、とか細い声をもらし、睦実は俯く。その横顔が困っているようにも見えた。

舌打ちをして、恭斗は今しがたのぼってきた階段を下りていった。

「これ」とノートを拓に渡して睦実は、浩輔に軽く頭を下げてその場を去っていった。

「恭斗と何があった？」

「別に何も」

「ほんならなんでひとりなんや。今までいつも恭斗と一緒におったやろ」

「それは」拓が頬を緩めた。「ひとりでいるほうが楽なんですよ」

口もとがひきつっているように見えた。どこか彼にそぐわない表情で、顔色はやはり青白い。無理に笑みを作っているとしか思えなかった。

それでも本人がひとりでいるほうが楽だと言っているのだ。ひとりでいていけないわけではないし、どんな人間関係だって疲れて相手と距離を置こうと思うことはある。

「どうってことはないですよ」

ぎこちない笑みで、本当に伝えたい言葉を押し込めたまま、拓は行ってしまった。そんな拓の後ろ姿は、恭斗との関係がこれまでとは違うのだと言っているようだ。浩輔はもうそれ以上は追いかけていくこともできなかった。


その次の日だった。

授業を終えて教室を出てから浩輔は、チョークを教卓のうえに置き忘れたことに気づいて教室に戻った。教師たちはみな、自分専用のケースに必要なチョークを入れて持ち歩いている。

何やら騒がしい。いつもの休憩時間とは明らかに違う。と思っていたら、「きゃあ!」と、女子生徒の悲鳴のような声まで聞こえた。

慌てて浩輔が後ろ側の入口から教室を覗くと、クラスの半分くらいの生徒が立っていた。みな、そばにいる子と顔を見あわせてにやにやとしている。

なんだろうと教室に足を踏み入れたときだった。

「いつも恭斗くんのこと見ています。たとえ離れた場所にいても、目を閉じればいつだって、恭斗くんの姿を浮かべることができます。そういうのをきっと『心で見る』って言うのだと思います。応援していますす。だれよりも」

そんなことを言っているのは恭斗だった。手に何か紙を持ち、教卓の前に立っている。

「で、それってだれからよ」健が言った。

おどけて「えええ？　訊きたい～？」と恭斗が言う。

「言えよ。言うてしまえよ」健が煽《あお》る。

ヤバいって、と呆れたように男子のだれかが言う。呼応するかのように、ばかみたい、と冷めた女子生徒の声がする。

「なんや、あれ」すぐ近くにいた女子生徒に浩輔は訊いた。

「手紙、みたいです。恭斗に宛てた、ラブレター？」

「ラブレター？　それをああやって勝手にみんなの前で読んでるんか」

言った途端、浩輔はかっとなった。血液が一気に逆流したように、頭も心臓も、いや全身がどきどきと波打つ。痛いくらいに。顔も首も熱くなる。

「やめろよ」と言った声が掠《かす》れる。浩輔の声は周りの騒々しさにかき消されて、どこにも届かない。

「聞いて驚くなよ～」恭斗がもったいぶるように言う。

「おお、早く、早くぅ」裕也が身をよじる。

明らかにおもしろがり、からかっているのだ。手紙も、書いただれかのことも。

そんなこと、あっていいわけがない。

「東原さんだよ〜ん」恭斗がうれしそうに声を張り上げる。

「おい！」浩輔は先ほどよりも強く叫んだ。

椅子が倒れる音がした。ふりむくと教室を飛びだしていく睦実の背中が見えた。

階段の踊り場で拓のノートを拾い上げた睦実。おそらく落としたのは恭斗だったのだろう。慌てて取りにきた恭斗の言葉やしぐさに睦実が見せた表情が、浩輔のなかに蘇《よみがえ》る。

教室のなかが静まり返る。ぶうん、ぶうん、と扇風機の音が聞こえる。

浩輔は周りにいた生徒たちを押しのけて恭斗のそばまで行った。

「え？　先生？」

「お前、何してるんや。何をどう考えたらそういうこと、できんの？」

「いや、ち、違いますよ」

「何が違うんや！」気づいたら声を張り上げていた。

「今、みんなの前で大声で読み上げてたやないか！　そんなことされた相手の気持ち、考えろよ！」

「ていうか、これ、俺、もらったわけやなくて、教室に落ちてたのを拾って」

「拾ったら読み上げてもええんか？」

「ち、違います。誤解です。何が書いてあるんかわからんかったし、だれのんかもわからんかったから、読んでみたんです」

「そうなんです、先生。まさかそれが恭斗へのラブレターやなんて最初思わんかったし、しかもそれ、東原さんが書いたやなんて、ほんまにだれもそんなこと思わんかったから」

「俺はそういうこと言うてるん違う。お前らには想像力っちゅうもんがないんか！」

ヒトと動物の決定的な違いは想像力や。栄治の言葉が今も胸に刺さっている。あいつの顔も声も、何もかもが。

――人間には想像力があるから、相手の立場に立って考えることができるやろ。なのに人間はときどき残酷で、想像力のない犬や猫のほうがずっと優しい。

栄治がそう話したことがあった。いつだったろう。そのとき浩輔はまだ気づいていなかった。そんなことを言いたくなる理由が栄治にはあったことを。

「内容がどうであれ、だれかが書いたものを勝手に読み上げるなんて、ちょっと考えたら、それはまずいなって思うやろ」

ちょっと無神経よねぇ、という声は女子だった。

だって恭斗やもん、と言う男子生徒の言葉にどきりとする。

「だ、だって先生、全然違うでしょ。東原さんと俺って、全然違うでしょ」

「何がや。違ってあたりまえや。別の人間なんやから」この期に及んで、こいつは何を言っているのだと心底怒りが湧き起こる。

「いや、そうやなくて。いつも静かでどこにおるかわからん、存在感まるでゼロやのに、やたら勉強ができる。なんか得体が知れないっていうか」

「得体って。お前、よくそんなことが言えるな！」

また浩輔は大声を出していた。

いったい「得体が知れない」なんて言葉を、こいつはどんな意味でつかったのだろう。お前、キモいよ。栄治はそんな言葉で罵《ののし》られた。いじめはたいがいそうだ。標的になる人間を特定すると、「キモい」というつまらないカタカナ交じりの三文字で相手を罵る。

それがときには「クサい」になったり「ダサい」になったりする。

そしてその根底には、自分たちとはどこか違って「得体が知れない」のだという感覚があるのだ。もしくは何をやってもいい相手。自分よりもずっと価値のない、何をやってもいいモノ。まるで物扱いだ。

浩輔は教室を出て睦実の姿を捜した。陽のあたらない校舎のなかを走りながら、栄治のことがあって自分は教師を目指したのだと思い出す。容易には周りと打ち解けようともしないまま、浩輔は高二の終わりを迎えようとしていた。進学をどうするのかと考えたとき、将来自分は何をやるべきなのだろうかと自問した。そして栄治の姿がくっきりと浮かんできたのだった。もしも救えたら――。そんな思いは今もある。

睦実はプールサイドにいた。

プールは一号校舎の屋上にあった。今の時期の体育は水泳だから、プールに続く階段の入口はあいたままになっている。この時間はちょうど体育もなかったようだ。

浩輔は睦実を捜して、人けのない場所をいくつもあたった。ずっと走りどおしだった。もうここしかないと思い、階段を駆けのぼってきた。息を切らしながら、彼女がいてよかったと腹の底から思う。

太陽の下でプールの水がきらきらと強く光っている。眩しさのなかに睦実の立ち姿があった。

「東原！」叫んで近づき、その腕を後ろから摑んだ。

彼女は摑まれた腕をふりほどこうともせず、俯いて肩をふるわせた。洟をすすり、肩を何度も大きく上下させ、消えいりそうな声で、「す、すみません」とやっとそれだけを言った。

「すみません、てことはないよ。悪いのはあいつらや」

「で、でも。わ、わたし」

「大丈夫や。ゆっくり呼吸して」

浩輔は彼女の腕を摑んだままだったことに気づき、手を放した。

「あの手紙、ちゃんと取り戻しておくから」

ひっ、と、息を吸い込んで彼女は、もういらないです、と言った。また泣き出しそうになる睦実を前に、浩輔は慌てた。

「でも、あいつに持たしてるわけにもいかんやろ」

彼女はまた大きく息を吸い込み、「えっ、ええ、それは、まあ」と途切れ途切れに言う。

「じゃあ、あとでこっそり返すから。それからちゃんと謝罪もさせるから。二度とこんなことしないと約束もさせる。だから言いたいことはちゃんとそこで言うてやれよ」

「謝罪なんて」彼女は、ふっ、と息を漏らした。どうやら笑っているようだ。いやに感情のない、乾いた笑いだった。

「出すあてのない手紙やったんです。いつも名前なんて書かへんのに、なんであれに限って名前なんて書いたのかなぁ」

睦実は泣きたいのか笑いたいのかわからないような顔をして、息をふうっと吐く。

「いつもいつも、なんていうか、感情が昂《たか》ぶってきたとき、ちょこちょこっと文章にすると、なあんや、って思えるんです」

「それ、どういうこと？」

「ほんま、全然違うんですよ。あいつとわたし。わたしからすればあいつのことなんてまるで理解でけへん。でも全部持ってる。あいつ、わたしにないもの全部持ってる。だから」

そこで彼女は下唇をぎゅうっと噛んだ。

「言いにくかったら全部を言わんでもいいんだぞ」

「いえ」彼女はごくりと唾《つば》を呑み込む。そして何かを決めたんだという表情になった。

「あいつは全部持ってる。悔しいくらいに。だけど応援したくなるんです。変ですよね。そういう感覚にわたし、自分を持て余すんです。でも文章にしてみると、なあんや、たいしたことないない。わたしの見当違いや、って思えるんです」

自分の感情を抑え込んでなかったことにしようとする、哀しいほどの片思いだ。

中二の子がみな、自分の感情や考えをうまく文章に表現できるわけではない。それどころか、どこかから簡単にみつけてきて、ぶつぶつと切ったような単語でのやりとりが多い。そうして思いや考えがうまく伝わらず、ときに誤解を生む。

そう考えると彼女はさすがだなと思う。恭斗のことがどうにも気になってしかたがない。でもそのことを認めたくない。そんな胸のうちでせめぎあう複雑な感情を、だれにも読ませるつもりのない文章にして消化していく。

「あの手紙書いたの、昨日やったんです。ほら、踊り場で古内くんのノートを拾って」

「ああ」

思春期の少女の心というのはそういう些細な出来事でも揺れるのかと、浩輔はあらためて教えられたような気持ちになる。

「そこにあいつが現れて。ちょっとどぎまぎしたんですけど。結局わたしもうまく話すこともできなくて。で、夜に書いてしまった。そのときはなあんやとは思えなくて。でも、ま、いっか、って。見当違いでもなんでも、こうして心のなかで応援くらいしてもいいんやないか、って」

階段の踊り場に立ち、居心地が悪そうにしていた彼女の横顔を思い出す。

彼女の成績は学年で常にトップクラスだった。たしかに理解力もあるのだが、授業中はだれよりも真剣に説明を聞いてはノートに書き込んでいる。そうやって頑張っているのに同じクラスの男子は目もあわせてくれない。そんななか、睦実とは対極といってもいいような位置にいる恭斗との接点が生まれた。それなのにうまく話すこともできない。そんなもどかしさと、ある種の淋しさを感じたのだと浩輔は思った。

だが、少しばかり違ったようだ。

そんなふうに自分自身を受け入れようとしている睦実に、浩輔はいっそう感心するばかりだった。するとなおさら、傷ついた彼女の心が心配になる。

「でもなんで今回は、名前なんて書いたのかな。たまにはちゃんと書いてみようって、そんな気分になったんかなぁ。なんか魔がさした、みたいなことになってしまいましたけど」

そうして彼女はほんのかすかに唇の端を上げた。

「謝罪なんてあらためてされたら、かえって自分がとてもみじめに思えてしまいます」

女子生徒の恋心となると、正直、浩輔は何をどう言ってやればいいのかもわからない。

「俺、教室に行くけど、もしあれやったら」

申し訳ないような気持ちでやっとそれだけを言う。

「ええ。一時間だけ保健室に行きます」

「ああ。あとで俺からも保健室に連絡入れておくよ」

もっとも睦実が授業をさぼりたくて保健室に来たとは思われないだろうが。

「ありがとうございます」

もう彼女の涙が乾いていることにほっとする。

睦実はゆっくり歩いていく。そしてふと足を止めて、浩輔をふりかえった。

「先生、なんでわたしがここにいるってわかったんですか？」

「この学校のなかで人目につかない場所は、そうあるもんやないからな」

睦実は微笑んだ。彼女のそういう表情を見るのは初めてではないだろうかと思う。みな彼女のことを「東原さん」と、さんづけで呼ぶ。男子もだ。浩輔自身も彼女のことを下の名前では呼ばない。

嫌っているとか隔てているとか、そういうことではない。どこか彼女は「特別」なのだ。それはいい意味での「特別」だ。でも、その「特別」というのは彼女に届いているのだろうか。もしかしたら疎外感ばかりを感じていたのかもしれない。

いつもは名前など書かない出すあてのないラブレターについ名前を書いてしまったのは、あの日、恭斗が自分を見てくれたことに少女らしい悦《よろこ》びを感じたからかもしれない。自分はたしかにここに存在していて、君のことを見ているの。彼女のなかでそんな気持ちがより強くなったのではないか。そう思うとなおさら胸が痛くなった。

休憩時間になるのを待って、浩輔は教室に入り、恭斗の席まで行った。

「さっきの手紙、出せ」

「でもあれ、俺に宛てたやつやから」

ちぇ、また来やがった、と男子生徒がうっとうしそうに言う。うざっ、と女子生徒の声がした。浩輔はなんだか自分がとても間違った行動を起こしているような気分になる。

「ほら先生、もう次の授業が始まってしまいますよ」

「だから？」

「チャイムが鳴る前に授業の準備をして、席につき、静かに待つ。これも俺らバレー部のルールですから。そういえば学年でも似たようなこと言ってませんか？　今月の目標」

恭斗は前の黒板のうえのほうを指した。

黒板のうえの壁に『チャイムが鳴る前に完璧な準備を』と大きな文字で書かれた四つ切の画用紙が貼ってある。今月の学年目標だ。

恭斗の態度に、もうがまんがならなかった。

「ほんなら、さっさと出せよ！　自分のやってることわかってるんか？」

さらに強い口調で浩輔は言って、手を差し出した。

「早く終わらせろよ」と面倒くさそうに言ったのは裕也だった。

恭斗は舌打ちをして、しぶしぶといった感じでかばんのなかからあの手紙を出した。

そして浩輔を見ようともせず、顔は前を向いたままで手紙を差し出す。

「預かっておく」

手紙を受け取ると、恭斗が何かを呟いた。自分の顔が一瞬強張るのがわかった。

浩輔は、恭斗が呟いた言葉を胸のうちでそっと反芻《はんすう》する。

ずっと知らん顔やったくせに——。

数日がすぎた、どんよりとした空模様の日だった。

授業はなかったが、浩輔はなんとなくクラスの様子が気になって教室に向かった。そのあいだクラスの何人もの生徒たちとすれ違った。どうやら特別教室へ移動しているようだった。各々、美術の教科書を手に持っているのが見える。

みな何人かのグループになり、談笑しながら歩いている。浩輔と目があうと、軽く会釈をして通りすぎていく生徒もいた。そして恭斗が歩いてきた。そのあとから裕也と健の姿も見える。

だが三人が連れ立って歩いているわけではないことが、浩輔の位置からでもわかった。

そういえば最近、休憩時間にひとりで廊下に出ている恭斗の姿を見かけることが増えたように思う。あの睦実の手紙のことがあってからだ。

逆に拓はときおり裕也や健と言葉を交わしている。ひとりでいるほうが楽だからなどと言っていたが、拓の顔色はよくなったし笑顔も増えた。そのことはうれしいが、これではなんの解決にもなっていない。標的が変わっただけだ。

中学生だったあのころ、もしも、みんなの前でちゃんと栄治に声をかけていたら、あいつはあんなにひどくはいじめられなかったんじゃないだろうか。やめろよなどと堂々と意見することは無理だったとしても、何もしないよりはずっとよかったかもしれない。

でもその先を考えるのは恐ろしかった。だって浩輔の行動によって事態は変わって

——今度は自分が標的になったかもしれないからだ。

ずっと目を背けてきたことだった。

あんないじめに遭えば、自分だって耐えられない。転校でもなんでもして逃げられるものなら逃げたいと思うだろう。

けれど大人が、たとえば教師が介入していたらどうだったろう。

痩せっぽちで体力もなく運動神経もよくない。小説が好きなこと以外に、取り立てて人に誇れるようなものはない。そんな栄治が体育祭のとき、転んでも立ち上がり、膝から血を流しながら最後まで走りきった。賞賛されるべきことだ。実際、担任は賞賛した。そのことで目立ってしまい、周りから認められたとき、土橋は恐れたのかもしれない。自分がいた華やかな場所を奪われるかもしれない、と。

何でも持っていると思いながらも、土橋は、負けず嫌いで、実は人並みはずれた努力をするやつだということも知っていた。今にしてみれば、あいつは、周りから認められなければならないという考えに固執していたのだと思う。ほかのだれかが認められれば自分は弾かれる、と、そんな思いにとらわれていたのかもしれない。もしも大人が、そばで見ていた教師が、「土橋は土橋なんだ」と、ひとこと言ってやれば違っていたのではないか。他人のことを認めることと自分の存在価値が下がることは、まったく別のことなのだと、ちゃんと伝えていたら、あんなことにはならなかったかもしれないのに。

そこまで考えると、今まさに、恭斗に何か言ってやらなければと思う。思うが、恭斗の言葉が耳にこびりついている。

「ずっと知らん顔やったくせに」

拓のことについて言ったのだろうが、まるで過去の自分の過ちを指摘されているように思えて、浩輔はたじろいだのだった。

恭斗が何かを落とした。ふでばこだ。拾ってやろうと思った。拾い上げ、あれからどうだと言えばいいきっかけになるじゃないか。

そう思った瞬間、裕也が恭斗の前にまわり込んでふでばこを蹴飛ばした。それを見て健が、「お前、やりすぎな」と裕也に向かってにやりとする。

恭斗は舌打ちをして立ち止まる。裕也と健は互いに目配せをして走っていった。

「おい！」

浩輔は叫んだ。咄嗟には的確な言葉も出ない自分が嫌になる。

と、そのとき、ふでばこにさっと近づいて拾い上げる男子生徒がいた。拓だった。

拓は無言で恭斗にそれを渡す。

「悪いな」

恭斗はどういう顔をしていいのかわからないといった様子だ。

恭斗から一、二歩下がって拓は歩いていた。恭斗が浩輔の脇をすぎ、そのあとに拓も続く。

「拓、ありがとう」

ちらりと横目で浩輔を見たが、拓は無表情だった。

「恭斗とはもう大丈夫なんか？」

「たいしたことないって言ったでしょ」

口調こそ素っ気ないが、拓は笑みを浮かべた。

数日前の職員室でバレー部の顧問をしている先輩教師が、試合前日の練習で拓がブロックを決めたんや、と話していた。

スパイクを止められたのは恭斗で、彼にはそれがずいぶんとこたえたようだ。拓もいいものを持っているが度胸がなくて、なかなかベンチに入れることもできなかった。だがこのところめきめきと上達してきている。

たしかそんな内容だった。

「恭斗はもしかしたら、拓の存在に怯えたんかもしれんな」

「なんですか？　それ」

「試合の前の日、見事なブロックやったらしいやないか」

「いやぁ、あれはたまたま」と拓は首をすくめる。はにかんでいるようだ。「でもまさか、そんなことはないと思いますよ。もともと恭斗は運動神経いいのに、ほんまによく練習するんですよ。俺なんかとは全然違うし」

「そっか。でも顧問の先生は、拓のことも褒めてられたよ」

「だからって俺はあいつにはかなわないのに。それにあいつ必死すぎて、ついていけなくなるっていうか、疲れるんですよ」

「だからひとりでいたのか？」

それには答えず、でも先生、と拓は続けた。

「先生もあんなふうに怒ることあるんですね」

「え？」

「東原さんのあれ。でも、いいなと思いました。なんだかはっきりしてるやないですか。何に対してどう悪いとか。俺なんて自分がどうしたいのかもわからなくなるときがあって。恭斗とも、別にもういいかなって思ったときもあって。急にぎくしゃくして。裕也や健も急に態度変わるし」

いつの間に、拓はこんなにも思っていることを話せるようになったのだろう。

「クラスのなかなんて、いつもこんな感じで」

「どういうこと？」

「『下』にだれかいることでみんな落ちつくっていうか」

実はそういう構図がクラスのなかにあったのかと驚く。拓が孤立しそうになっているのにうまく対処することができずにいた。そんな浩輔の姿を恭斗がずっと見ていると思うと怖かったのもたしかだ。だが恭斗が浩輔に言った「知らん顔」というのは、拓のことではなくクラス全体のことを言っていたのかもしれない。

自分のことをよく話してくれる恭斗は、周りのことをよく見ている。睦実の手紙を読み上げてしまうようなデリカシーに欠けたところもあるが、ぞんざいな態度ながらも拓に寄り添ってきた。そして浩輔に対しても自分の考えていることを話せるような子ではなかった拓が、こんなふうに話せるようになっている。きっと恭斗が、拓のなかにある引き出しをひとつあけたのだ。

「やっぱり怒りますか？」

「急に怒りはしないけど」と浩輔は微笑む。

「俺の次は恭斗。でも俺はあいつに強くは出れないですよ」

相手とのあいだにある力関係というものは、正しいか間違っているかの問題ではない。集団心理の渦のなかに委《ゆだ》ねているときはなんの気なしにできたことも、ひとりになると途端にできなくなる。いや、やらなくなる。

「別にいいやないか。恭斗と拓は全然違うんやし。強く出ることと優れていることはまた違う。ただ、やっぱり常に序列を作ってしまう集団というのが俺には気になるよ」

「だけど救われたでしょ、東原さん」

「え？」

「恭斗はまん中にいるけど、東原さんは隅っこでおどおどしてる。勉強できるからあからさまにばかにしないけど、みんなどこかで敬遠してるっていうか」

「敬遠してるのか？」そういうクラスの様子って何年経っても変わらないなとは思うが。

「それも知らなかったですか？」

「一目置いているんやと思ってた」

「ああ」拓は納得したように頷《うなず》き、「ほんまは、先生が俺に声かけてくれてたことも、ちょっと安心したっていうか」と言って目をそらす。

浩輔は急に気恥ずかしさを覚え、まあな、と曖昧《あいまい》に呟いて頭をかく。

「じゃあ、俺、行きます」

拓はそう言うと、廊下を走っていった。

やがてチャイムが鳴って、廊下はひっそりと静まり返る。

悪戯《いたずら》をしかけてくる子たちを追いかけて走りまわっていた前任校では、生徒たちとの距離が近かったように感じる。そういう特性を持った子たちだと思っていたが、それはかりでもないなと今ならわかる。問題行動が多い生徒たち相手で忙しくて辟易《へきえき》することもあったが、彼らとはいろんなことをよく話していた。担任ではなかったが、目の前の子たちのことをよく見ようとしていたし、彼らのいろんな側面を知っていたように思う。

今橋中学に赴任して、どこか生徒たちのことを掴み損ねているように感じていたのは、浩輔自身が、いつもどこかで踏みとどまっていたからではないだろうか。

中学生は毎日、いろいろとやらかすものだ。

この今橋中学でさえ、予想もしないようなことが起こる。

たとえば鬼ごっこをしていて花壇のなかに突っ込んでしまったとか、友達と夢中でしゃべりながら歩いていて、廊下の柱に額をぶつけてしまったとか、そういった単なる不注意に交ざって、SNSに絡んだトラブルも、あるにはある。

ただの不注意レベルのことなら、少しは気をつけろよ、で済むが、友達同士で傷つけあうような出来事となるとそうはいかない。

そんなときはどういう言葉をぶつければ響くのだろうかと、いつも考える。自分のなかに、担任はこうでなければならない、みたいな気負いもあるのかもしれないが、一方で、言葉ひとつで相手の思考など変わるものなのだろうかと、そんなことを思ってしまう。

教師の仕事は言葉を何度もぶつけていきながら相手の心に働きかけるものだ。ベテランの先輩教師から聞いたことがある。浩輔もそのとおりだと思うのに、どこか信じきれていない。

だれもいなくなった廊下に栄治の姿が浮かび上がる。

先生から栄治が転校することを聞いて、浩輔はその日、学校が終わると一目散に栄治の家に向かった。栄治のお母さんは浩輔の顔を見ると、「まあ、わざわざ」と言って出迎えてくれた。だから栄治も当然、喜んでくれるものだと思っていた。

だが栄治は浩輔と目をあわせようともしなかった。

「あのノート」栄治がやっと、ぽつりと言った。

やっぱりこいつは喜んでくれているんだと、浩輔はうれしくなって、「栄治、俺たち友達やないか。これからもずっと」と言った。

ところが栄治は横顔を向けたまま、「僕、だれにも言ってないから」と言ったのだ。

体の芯が、ぶるっとふるえた。

そのとき、「浩輔くん、喉、渇いたでしょ」と言って、栄治のお母さんがグラスを盆にのせて部屋に入ってきた。「麦茶でも飲んでいって」とにこにこしていた。互いの家を行き来していたころと変わらない笑みだった。

「急にお父さんが転職することになったんよ。せっかく浩輔くんに仲良くしてもらってたのに、淋しくなるわ」

栄治のお母さんが、浩輔くん、と真顔になって言った。いやにしんみりとした声に、浩輔は緊張した。

「栄治はずっと黙ってた。ううん、今もなんにも話してくれへん。でもこんなこと、もうほうっておかれへんのよ」

一気に吐きだすように言って、ひとつ息をついた。

あ——。栄治のお父さんはきっと、ここから引っ越すために仕事を変えるのだ。

担任が言った「お父さんの仕事の都合」という言葉をまるごと信じていたわけではないが、浩輔は急に現実をつきつけられたような気持ちになった。

責められる、と思った。

栄治のお母さんはものすごく怒っているはずだ。栄治はノートのことなんて、ほんとはちっとも喜んでなかった。栄治のお母さんだってとっくに知っていたはずだ。栄治が求めていたのはそんなことじゃなかったのに自分は、ずっと見て見ぬふりをして栄治をさけてきた。

ところがそのあと栄治のお母さんは弱々しい笑みを浮かべ、優しい声で言った。

「浩輔くん、あなたも辛かったでしょう」

心がちぎれてしまいそうだった。浩輔はもう顔をあげることができなかった。栄治が教えてくれた想像力という言葉が頭のなかでぐるぐるまわっていた。指先がふるえ、肩がふるえた。足もとの畳のささくればかりが妙に目についた。ごめんなと言いたいのに、喉に貼りついたようになって、声がうまく出てこなかった。

栄治がいなくなってから土橋はだれのこともいじめてなかったと思う。いじめがあることがクラスの日常ではないことにほっとしながらも、ではなぜ栄治だけがあんな目に遭わなければならなかったのだろうかと思った。いずれにせよ、それをずっと見過ごしていたのは自分だ。浩輔は栄治に連絡を取ることもできずにいた。

中三になると土橋とは違うクラスになった。それでも体育祭で活躍した土橋が、いっそう目立つ存在になっていることも知っていた。実力テストの点数もかなりいいのだということも。

本格的な梅雨に入ると、また教室のなかにはあの独特の匂いがこもった。

そして中学卒業直前に土橋は学校に来なくなった。もうずっと前からもめていたらしい親がとうとう離婚したんだとか、実はあいつは父親から虐待されていたんだとか、噂までが、まん中にいたやつにふさわしいような、ちょっと派手なものだった。でもだれも本気で心配などしてはいなかった。

浩輔は真実を確かめようとは思わなかった。報いだと思った。じゃあ自分はいったいなんなんだと思うと、もう何もかもを忘れてしまいたくなった。

そんなことを思い出していると、唐突にある場面が浮かんだ。

あれは高校入試を間近に控えたころの放課後だった。廊下を歩いている土橋を先生が呼び止めた。中二のときの担任だ。土橋は中三になってからも同じ担任だった。

「お前、家からいろんなもん持ちだして困るって、電話があったぞ」

舌打ちする土橋の肩に腕をまわし、「エロ本はいかんぞ」と先生はにやにやしている。

そういうことをこんな場所で憚《はばか》ることなく言えてしまう、相変わらず無神経なやつだなと思いながら、土橋が栄治の机のなかから引っ張り出した雑誌はそういうものだったのかと合点がいった。あんないやらしい雑誌を自分の父親が読んでいたらと思うと虫唾《むしず》が走った。そしてそんなことを担任にぶちまけてしまう土橋の親って――。

そこで先生が「お母さん、今おらんのやろ。お父さんにあんまり心配かけんなよ」と言っているのが聞こえた。土橋は「知るかよあんなやつ」と悪態をついたが、担任の手をふりはらおうとはしなかった。

中学生だった自分たちにはわからない事情があったのだろうと、今やっと理解する。

窓から陽が射し込む。曇っていた空が晴れてきたようだ。

いつも光があたる場所にいた土橋。勉強もスポーツもできて、話題も豊富で多くの人間に囲まれ、なんでも持っていると思っていたが、家のなかでは違っていたのだろう。グラウンドのうえに広がる明るい空が土橋の学校で見せる姿なら、陽のあたらない廊下の片隅こそあいつの心そのものだったのかもしれない。

廊下を駆けてくる足音がした。見ると、恭斗がこちらに向かって走ってきている。近くまで来た恭斗に、どうした？　と訊くと、「ちょっと、忘れ物して」と、はあはあと息を切らしながら彼は言った。

「美術の教科書に挟んでると思ってたプリントがなくて。多分、机のなかやないかと思って」

そこで拓が「俺の次は恭斗」と話していたことがよぎった。

「ほんとに机のなかなんか？」

「え？　じゃあ、かばんかなぁ」

「いや、その、だれかが持ってる、とか」

「ええ？　先生」恭斗は笑った。「だれかが隠したんやないかと思ってんですか？」

そうずばりと言われると答えにくい。

「あ、そっか。拓の理科のノートか。もしかして俺、疑われてました？」

「いや、そういうわけやないけど」

「俺、あいつに借りたのに寝てしまって。もう部活終わって帰ったらほんま疲れて勉強とか無理で。で、音楽の時間にこっそり写そうと思ってたのに落としてしもうて。そしたら東原さんが持ってて先生もいて。軽くパニクりました」

「そういうことか」

「そりゃ俺もだいぶ嫌われたとは思うけど、美術のプリントかって、隠すとか、みんな、そこまではしませんよ」

でもふでばこを蹴飛ばされていたじゃないか、という言葉は呑み込む。

「ま、仮にそうやったとしても……いや、それもありか」と恭斗はからからと笑う。

恭斗の明るさに救われた気持ちになるが、小さなことの積み重ねがひどいいじめにつながるものだと浩輔は思う。だからこそ目を離してはいけない。

「あ、先生、拓といえば、あいつの肘、ちょっとヤバいみたいで」

そういえば、以前職員室でバレー部の顧問が拓のブロックのことを話していたとき、前々から痛めていた拓の肘には相当なダメージになったようで心配だとも言っていた。それほど恭斗のスパイクに破壊力があるのは喜ばしいことだけど、拓の肘は思ったよりも深刻なのだと、顧問は複雑な表情を浮かべていた。

「あいつ、ほんとはバレー、好きなはずなんですけど」

恭斗はやはり拓のブロックに怯えたのだろう。だがこんなことを言う彼は、自分が抱える葛藤をひとつ、乗り越えつつあるのかもしれない。

「恭斗。プリント、俺も一緒に探すよ」

「え？　ほんまに？」と恭斗がうれしそうに声を裏返らせて、教室に走っていった。

すてたもんじゃないなと浩輔は恭斗を追いながら思う。信じることもひとつかもしれない。いや、信じることだ。

教室に入っていくと、背中を向けたまま恭斗が「あ、先生、そういえば俺、東原さんにまだ謝ってなくて」と言って、すたすたと歩いていく。

そういう素直さに、浩輔は思っていたよりもずっとほっとしている自分に気づく。

「ラブレターなんて初めてやし、あの東原さんがそんなふうに思ってくれてたんやって、ちょっと調子にのってしまったっていうか。あとで考えたら悪かったなって思ったけど、どう言えばいいのかわからへんし」

なんだか恭斗の背中が小さく見えた。

「俺から伝えておくよ」

恭斗がすぐさまふりむいて「ほんまに？」と言うと、安心したように微笑む。

「ラブレター、初めてやったんか。女の子にモテるやろうに」

するとまた浩輔に背を向け、「やべぇ！　めちゃくちゃ暑いし」と叫ぶ。

浩輔の口もとが自然とほころぶ。十代のあどけなさや、無防備ですぐにどこかが欠けてしまう彼らの心はいつの時代も変わらない。

息を吸い込む。教室のなかはたしかにむっとしていて、梅雨も明けたというのに床に引いた油の匂いがかすかにした。

解説

池上冬樹（文芸評論家）

教師を主人公にした小説を数多く読んできたが、ほとんどは役割ヒーロー（ヒロイン）で、職業的な教職がことこまかに書かれることはなかった。学校や生徒たちがかかわる事件だから主人公を教師にしたくらいで、学校が舞台でないなら私立探偵でも、刑事でもいいような物語なのである。要するにその舞台で動きやすい役割として教師が選ばれただけなのだ。だから教職の細部にリアリティはあまり感じないし（そもそも教職のリアリティを生み出そうという考えも作者にはない）、主人公の眼差しに至っては普通で、生徒たちのことを考える苦悩の詳細を語ることもしない。

しかし本書は違う。四作収録されていて、いずれも中学校の教師を主人公にしているが（名前も年齢も勤務先の場所も異なる）、彼らはみな、生徒たちをしっかりと見ているし、同僚の教師との軋轢《あつれき》なども書かれてあり、どこからどうみても教師で、細部が何とも生々しく、リアリティがある。この教員なら、通信簿に記すときのためらいや悩みさえうかがえるような確かな手触りがある。

というと、学校を中心とした教師小説を連想してしまうかもしれないが、そうではない。生徒と教師自身の家族の問題を丁寧に解き明かす小説集といったほうがいいだろう。

まず、表題作の「五年後に」は、中学教師の安崎華が、中学二年の女子生徒から話しかけられる場面から始まる。生徒が、安崎の同僚の岡澤先生に告白したら、「五年後に言うてくれたらうれしいのに」と言われたというのだ。安崎は、その言葉から夫の啓吾との馴れ初めを思い出し、「私が夫と結婚するきっかけになったのもね、夫が言ったそんなひとことやった」と話すが、しかし「五年後に」という言葉は別のところで、別の誰かにも使われた言葉であることが次第に見えてくる。冒頭に突然出てくる「栃村柚香」とは誰なのかという問題も、夫の啓吾との出会いや生活のなかでゆっくりと浮上してくる。

数年ぶりに読み返しても、女同士の対峙にはいやな思いがする。一人の男（教師）をめぐって、妻と、男の教え子が争う話は、自分の優位性を誇るような展開になり、やさしい表情の中の悪意がとがってきて辛いのだ。タチが悪いのは、悪意をあたかも善意であるかのように見せて、ふつうに会話をする点だろう。安崎華には安崎華の思いがあるのはわかるが、それにしてもと思わざるをえないし、それに対抗しての元教え子の頑なさにも閉口する。ふつうなら会いにいかないし、会いにきても拒絶するものだが、この二人は、亡くなった男性教師とのつながりで生きている。亡くなった教師に愛されたのは誰よりも自分だということを証明したいのだが、そんなことは証明できるものではない。

だが、この小説は決してイヤミスではない。そこまで突き詰めてはいない。人間は誰しもそういうイヤなものを持つこと、そして時には人を傷つけることをためらわないことを教師の視点からとらえる。

この小説は、第四十回小説推理新人賞受賞作で、選考委員の朱川湊人は、女同士の悪意のせめぎあいについて、「ダークな何かが胸に残るのは確かですね」と述べている。その発言を受けて東山彰良は「ハラハラさせるけれども、直接的な暴力が発生する前で止まる。（略）この止まり方は悪くないと思います」と文章力をほめている。この作品を強く推したのは桜木紫乃で、「謎とはトリックではなく『人』なんだというところを、今回の受賞作は教えてくれるのかなと思います」と述べているし（以上引用は「小説推理」二〇一八年八月号所収「第四十回小説推理新人賞選考座談会」より）、単行本の帯には「小説は人の傷口を素手で触る仕事なんだと、改めて思った」という桜木紫乃の賛辞もついている。

たしかに、「人の傷口を素手で触る」ような小説であるけれど、読後感は悪くはないし、いい小説を読んだ満足感もある。それはやはり教師という職業がしかと書かれてあるからだろう。教師の仕事とは「だれかの未来を創ることになるかもしれない」という印象的な言葉が出てくるが（そしてそれは本書の物語では皮肉な意味合いをもつけれど）、それほど生徒との対峙・会話・観察が真摯に行われていて、それが「人という謎」を解き明かす仕組みになっている。だからこそ短いけれど、厚みがあるし、そこに新人の将来性も見える。

「これを書けるんだったら別の話も書けるだろうと思わされた数行がありました。『けれどここにやってくる人はみな違う。みな、それぞれの人生のなかで違った役割を演じている。演じるその舞台も重なりあうことはほとんどない』という部分です。ここを言語化できるなら、この作者にはまだ書くことがあるだろうという気がします」（同）と桜木紫乃は可能性にかけたのだが、それは間違いではなかった。受賞作以外の短篇も、ときには受賞作以上に読ませるのだ。

「渡船場で」は、川を渡る渡船場で、中学教師の結城航平が、息子の帰りを待つ老婆と対話をするストーリーである。息子は対岸の工場に勤務しているのではないかと船の乗客が言うのだが、たしかなことはわからない。航平は十三歳の時に母親を亡くし、父親の再婚相手とはうまくいかなかったために、老婆への関心が募るのだが（〝叶えられなかった親孝行〟ともいっている）、そればかりではなく、物語では中学校での教師同士の対立と葛藤、問題生徒の背景、さらにはキッチンメーカーの役職につく妻との冷えた関係などの脇筋に織り込んで、航平の人生と生活がゆっくりと迫り出してくる。

とくに印象深いのは、問題児が明るさを取り戻した場面のあとだろう。「だれもいない停留場に立って、辺りに目をやる。古い家並みが続く。毎日、何気なく通りすぎていたこの町に住む人々の生活が、航平のなかで輪郭を帯びてくる」といって、忘れていたもの、あきらめていたものをもう一度嚙みしめて、忘れがたいラストシーンへと向かう。しみじみといい小説だ。丁寧に生きることの大切さを訴えているといったらいいか、目の前にある他人の人生と生活も、見方を変えれば自分のことのように感じられて、嬉しくなる。そのためには相手と向かい合い、話をする。話を聞くだけでいい。それだけのことなのに得られるものがあり、心弾ませ、何かを新たに考える切っ掛けを与えてくれる。大事なのはどう生きるかなのである。

「眠るひと」は本書の白眉だろう。身近にいる家族の思いを掬いあげて静かな感動をよぶ。「渡船場で」のラストもいいけれど、この作品のラストシーンは静かに心にしみいる。中学校の女性教師、藤枝泰子が、末期ガンの母親との思い出をたどる話である。鍵となるのは、いまから四十年前の、泰子が小学六年の時の母の家出だ。二日間行方をくらまし、二日後に何でもないように帰宅して父と泰子を迎えた。いったいどこで何をしていたの？　と聞きたくても聞けなかった。その謎が、昏睡状態のいま、ようやく判明するのだが、本書収録の短篇がみなそうであるように、謎解きに主眼があるのではなく、謎含みの人生に重きがおかれ、謎はほどかれ、いくつかの事実から大切な何か（大げさにいうなら真実）を見出すことになる。

それは本作に則していうなら、母の人生が豊かであったということであり、死は悲しい終わりではなく、新たな始まりであるということになる。ラストではじめてタイトルの「眠るひと」の意味がわかるのだが、それに救われる人も多いのではないか。神経のこまやかな、厚みのあるドラマである。生きることの悲しみと喜びを切々と描ききっている。ミステリというよりも、人間ドラマとして節々で人生を感じさせる。自分の生き方、他者の生き方に思いをはせる物語だ。丁寧に生きる人々を描く、実に丁寧な小説ともいえる。

最後におかれてあるのは、いじめ問題を見据える「教室の匂いのなかで」。中学校に勤務する二十代の若い教師、森野浩輔は、生徒との距離のとりかたに悩んでいた。はじめて赴任した中学では、生徒たちが自分のところに寄ってきてくれたが、赴任して二年目を迎える今橋中学では生徒たちの心を摑みそこねている。「教師の仕事は言葉を何度もぶつけていきながら相手の心に働きかけるものだ」というベテランの教師の言葉を正しいと思いつつも、どこか信じきれていない。そんな森野が、まのあたりにする捩《ねじ》れた形のいじめ。それは同時に森野の中学時代のいじめの記憶をよびさますことになる。

現在のいじめのストーリーに、過去のいじめという脇筋をからめて、少年たちの消息を丁寧にたどっていく。いじめをテーマにした小説は明るく温かくはならないものだが、咲沢くれはは人々の向日性に目をむける。人は明るさを求め、理解し合い、めざすものを手に入れようとする。いや、そんなにうまくいかないよと思うかもしれないが、決して浅はかに見えないのは、人物たちの心の動きを確かに凝視しているからだろう。

以上、四篇、どれも読ませるのではないかと思う。桜木紫乃が期待した「みな、それぞれの人生のなかで違った役割を演じている。演じるその舞台も重なりあうことはほとんどない」という部分の言語化が充分にできているし、「謎とはトリックではなく『人』なんだというところ」も感得できる作品集だろう。

本書のデビューから三年、まだ第二作は上梓されていないけれど、人間ドラマの作家として大いに期待できる新人作家であることは間違いない。

本書は小社より、二〇二〇年五月に単行本刊行されたものです。

双葉文庫

さ-49-01

五年後《ごねんご》に

2023年6月17日　第1刷発行

【著者】
咲沢《さきさわ》くれは

【発行者】
箕浦克史
【発行所】
株式会社双葉社
〒162-8540 東京都新宿区東五軒町3番28号
［電話］03-5261-4818(営業部)　03-5261-4831(編集部)
www.futabasha.co.jp（双葉社の書籍・コミックが買えます）
【印刷所】
大日本印刷株式会社
【製本所】
大日本印刷株式会社
【カバー印刷】
株式会社久栄社
【DTP】
株式会社ビーワークス
【フォーマット・デザイン】
日下潤一

ISBN978-4-575-52670-7 C0193
Printed in Japan

双葉文庫　好評既刊

緋色の残響

長岡弘樹

強行犯係の刑事である羽角啓子の娘、菜月の夢は新聞記者になることだ。その菜月がかつて通っていたピアノ教室で、ある生徒が急死した——。ヒット作『傍聞き』で圧倒的な存在感を放った母娘コンビが、身の回りで起きた数々の事件の真相に迫るシリーズ第二弾！

双葉文庫　好評既刊

昔はおれと同い年だった田中さんとの友情

椰月美智子

小六の拓人、忍、宇太佳はスケボーが大好きな仲良し三人組。ひょんなことから神社の管理人である田中さんと出会い、交流が始まった。拓人たちは田中さんが戦争で家族を失ったことを聞き、ある行動を起こす――。第六十九回小学館児童出版文化賞受賞作。